마이클 케인의 연기 수업

추적 Sleuth
케네스 브래너 감독, 캐슬록 엔터테인먼트, 2007. (주드 로와 함께)

마이클 케인의 연기 수업

마이클 케인 지음
송혜숙 옮김

바다출판사

죽음의 게임 Deathtrap
시드니 루멧 감독, 워너브라더스 픽처스, 1982.

차례

죽음의 게임 Deathtrap
시드니 루멧 감독, 워너브라더스 픽처스, 1982. (크리스토퍼 리브와 함께)

배우를 꿈꾸는 이들에게

"당신이 정말 배우가 되고 싶기는 하지만

그로 인해 골프 약속이나 정치적 야망,

성생활 등에 지장을 받지 않아야 한다는 조건을 붙인다면,

당신은 진심으로 배우가 되고 싶은 게 아닙니다.

배우라는 직업은 파트타임,

즉 시간제 직업 이상일 뿐만 아니라,

상근직 이상의 전문성이 요구됩니다.

배우는 24시간 강박증에 사로잡혀

몰입해야 하는 직업입니다."

━━━ 당신이 태어나는 순간 영화 오디션은 이미 시작된 것이나 다름없습니다. 당신이 제작자 사무실에 나타나기 오래 전, 태어날 때부터 '무엇'인가를 제대로 해왔다면 당신의 모습이 지금쯤은 스크린에 비치고 있을 겁니다.

영화로 직행하는 확실한 왕도나, 할리우드로 질러가는 특별한 지름길 따위는 존재하지 않습니다. 꼭 읽어봐야 할 책이 있는 것도 아니고, 죽치고 앉아서 러브콜만 기다리면 되는 카페가 있을 리도 만무합니다. 다만 사람들이 모이는 일반적인 장소에서 보이는 당신의 행동 자체가 스크린테스트의 일부나 다름없는 것입니다. 당신이 바에서 낯선 사람들과 섞여 한잔하고 있는 바로 그 순간, 실은 바텐더에게 오디션을 받는 중일지도 모릅니다. 사실 바텐더는 화요일 늦은 저녁마다 한잔하러 들르는 어느 단골 처자가 텔레비전 시트콤의 메이크업 담당자라는 사실을 우연히 알고 있기 때문입니다.

비 오는 어느 날 어린 딸을 학교에 데려다줄 때, 마침 건널목에서 어린 학생들이 횡단보도를 건너는 것을 도와주는 교통안내원의 눈에 띌 수도 있을 겁니다. 그 사람은 낮 시간에 교통안내원 근무를 마치면 탈의실에서 옷을 갈아입고 곧장 브로드웨이에 있는 제작자 사무실로 가서 시간제 임시직 비서로 일할지도 모르니까요.

갬빗 Gambit
로널드 님 감독, 유니버설 픽처스, 1966. (셜리 맥레인과 함께)

이렇듯 무심결에 우연하게 만난 사람들이 언제 어떻게 당신의 인생 항로를 바꿔놓을 연쇄 작용을 일으킬지 아무도 모를 일입니다. 제작자의 사무실 안에서만 영화 오디션을 본다고 믿는다면 당신은 이미 많은 기회를 놓쳤다고 봅니다.

세상에는 두 부류의 사람들이 있습니다. 한 부류는 남들에게 어떠한 평가를 받더라도 흔들림 없이 자기가 하고자 하는 일을 성취하기 위해 매일 끈질기게 매달리고 무엇이든 견뎌내서 결국에는 원하는 바를 이뤄내는 사람들입니다. 다른 부류는 아무리 대단한 인정을 받고, 장식장 위에 상패들이 즐비하게 늘어서 있을지라도 자신의 기회를 제대로 살리지 못하는 사람들입니다. 그렇다고 지금부터 쓰레기를 버리러 나갈 때도 좋은 옷으로 갈아입고 우아하게 걸으라는 말은 아닙니다. 당신이 오늘 쓸모없다고 치워놓은 쓰레기가 내일 황금으로 바뀔 수도 있다는 사실을 알려주고 싶은 것뿐입니다.

당신이 좀 성공했다고 해서 자기를 알리는 일을 등한시해서도 안 됩니다. 셜리 맥레인*과 〈갬빗〉*이라는 영화를 찍을 때입니다. 배우들이 촬영을 하러 스튜디오 건물로 건너가려는데, 때마침 관광버스 한 대가 우리 앞에 딱 멈춰 섰습니다. 영화 팬들을 가득 태운 버스 기사가 승객들이 배우들에게 쉽게 사인받을 수 있도록 일부러 배우들이 드나드는 출입문 앞에 차를 댄 것입니다. 그때 대부분의 배우들은 팬들을 피해 건물 한 편의 쪽문으로 빠져

Shirley MacLaine 1934~ . 미국 버지니아 주 태생. 배우 워렌 비티의 누이로, 두 살 때부터 무용을 배워 네 살 때부터 무대에 섰다. 열여섯 살에 뉴욕에서 무용수로 일자리를 구하면서 잠깐씩 뮤지컬 코러스로 등장하던 중 브로드웨이 쇼 〈파자마 게임〉의 주인공이 다리를 다쳐 출연하지 못하게 되자 맥레인이 주인공을 대신했다. 이를 계기로 영화 제작자인 핼 윌리스의 눈에 띄어 곧바로 할리우드에 진출한다.

알프레드 히치콕 감독의 〈해리의 소동The Trouble With Harry〉(1955)으로 연기를 시작해 코미디와 드라마적 요소들을 균형 있게 소화해내는 배우로 실력을 인정받았다. 〈섬 컴 러닝Some Came Running〉(1958), 〈당신에게 오늘 밤은Irma La Douce〉(1963) 등으로 아카데미 여우주연상 후보로 지명되었다. 1968년 로버트 케네디 대통령 후보 선거 캠페인에 참여하면서 진보적인 정치 성향을 드러내며 사회·정치적 캠페인을 벌였다. 1973년에 중국 본토를 종단하며 제작, 감독한 다큐멘터리 〈다른 한쪽의 하늘: 중국 실록The Other Half of the Sky: China Memoir〉(1975)은 아카데미 장편 다큐멘터리상 후보에 올랐다. 이후 할리우드로 돌아와 〈터닝 포인트The Turning Point〉(1977)로 아카데미 여우주연상 후보에 올랐다. 〈애정의 조건Terms of Endearment xxx〉(1983)으로 아카데미 여우주연상을 수상하였으며 〈마담 소사츠카Madame Sousatzka〉(1988)로 베니스영화제와 골든글로브 여우주연상을 수상하였다. 그녀는 영화 밖의 정치나 사회적인 이슈에 적극적이었으며, 영성주의와 부활 신앙에 대한 깊은 믿음을 저서를 통해 잘 드러내고 있다. 《어려운 처지에서Out on a Limb》(1983)는 베스트셀러가 되기도 했다.

Gambit 1966. 코미디와 로맨스가 조화를 잘 이룬 수작으로 1966년 골든글로브 뮤지컬코미디 작품상 후보에 올랐다. 전문 도둑이 아랍 부호 소유의 조각상을 훔쳐내며 벌어지는 사건을 그린 로맨틱 코미디물. 셜리 맥레인과 마이클 케인의 건조한 코미디 연기의 정수를 엿볼 수 있다.

Michael Ovitz 1946~ . 미국 캘리포니아 주 태생. 할리우드에서 가장 영향력 있는 연예대행사의 대표로 한때 할리우드를 쥐락펴락했던 거물. 1968년 할리우드 최고의 연예대행사 윌리엄 모리스 에이전시(WMA)에서 일하던 그는 1974년 크리에이티브 아티스트 에이전시(CAA)를 세워 독립했다. 탁월한 수완으로 스티븐 스필버그, 마돈나, 바브라 스트라이샌드, 마이클 잭슨, 톰 크루즈, 더스틴 호프만 같은 쟁쟁한 스타들을 전담하게 된 CAA는 자사 소속의 유명 극작가, 감독, 배우를 한데 묶어서 초대작 영화를 기획해 메이저 스튜디오에 파는 새로운 방식으로 〈레인맨〉(1988), 〈쥬라기 공원〉(1993)등의 영화를 히트시켰다. 일약 할리우드 큰손에 오른 그는 1995년 돌연 CAA의 지분을 팔고 월트디즈니 사 대표로 옮겼다. 하지만 당시 실질적으로 디즈니를 좌우하던 마이클 아이스너와의 불화로 14개월 만에 해고당했다. 1996년 아티스트 매니지먼트 그룹(AMG)을 설립, 레오나르도 디카프리오, 마틴 스콜세지 감독 등을 영입해 다수의 영화와 TV드라마를 기획했지만 대부분 실패했다. 한때 〈갱스 오브 뉴욕〉(2002)의 성공으로 재기를 노리기도 했지만, 각종 송사를 당하면서 과거의 영광을 되찾지 못하고 있다.

나갔지만, 저는 순간적으로 버스 기사가 자신이 해야 할 일을 충실하게 수행하고 있다는 사실을 깨닫고는 그의 어깨를 으쓱하게 만들어주고 싶었습니다. 폼 좀 잡게 해주고 싶었던 것이지요. 그래서 저는 버스에 탔던 모든 사람들에게 사인을 해줬습니다.

그게 뭐 대단한 일이냐고요? 참, 그날 버스를 운전했던 사람이 바로 그 유명한 할리우드 에이전트인 마이클 오비츠*라는 사실을 말씀드리지 않았군요. 자, 무슨 말인지 아시겠지요?

예전에는 저같이 별 볼 일 없는 사람은 배우가 될 만한 여지가 전혀 없었습니다. 제가 35년 전에 가졌던 기회에 비하면 지금은 누구나 배우로 성공할 수 있는 여지가 훨씬 많아졌습니다. 물론 옛날에 그런 기회가 전혀 없었다는 말은 아닙니다. 리처드 버튼 Richard Burton이나 피터 셀러즈* 같은 배우들은 성공한 축이지요. 그렇지 않나요? 제 절친한 친구인 숀 코너리Sean Connery는 말할 것도 없고요. 경제적으로 아무 걱정도 없어 보이니 말입니다.

제가 처음 친구들에게 배우가 되겠다고 했을 때 모두들

Peter Sellers 1925~1980. 우리에게는 〈핑크 팬더〉 시리즈의 크루조 형사로 알려진 영국 태생의 배우다. 안면 근육의 변화 하나 없이 희극적 상황을 연출해 내는 그의 희극 연기는 그만의 특기이다. 특히 성대모사가 뛰어났다. 보드빌 쇼 에서 연기를 했던 부모님에게서부터 물려받은 천부적인 자질도 있었지만, 한 번 듣거나 본 것을 즉석에서 모방해낼 수 있는 능력은 그의 세밀한 관찰력에서 비롯된 것이다. 사람들 이 저마다 갖고 있는 손짓이나 말의 억양, 그리고 태도와 행동들을 항상 주의 깊게 관찰해 각각의 특징을 잘 포착했다고 한다.

블러드 앤 와인 Blood and Wine
밥 라펠슨 감독, 20세기폭스 필름, 1997. (잭 니콜슨과 함께)

한목소리로 제 심기를 건드렸습니다. "배우 해서 뭘 하게? 무대를 날려버리게?" 당시 우리들 중 누구도 연기학교를 다녀본 사람이 없었습니다. 그런 학교가 존재한다는 걸 알고나 있었는지도 잘 모르겠네요. 이런 마당에 누가 영화배우로 떴는지 관심을 가진 친구가 있을 턱이 없지요.

처음 배역을 맡기 전 제 이력을 소개해보겠습니다. 제게 떨어진 운에 대해서 한번 생각해보시라고요. 저는 세탁소에서 일한 적이 있습니다. 홍차 창고에서 허드렛일도 했고요. 굴착기로 도로를 파는 일도 했습니다. 밤에는 호텔에서 짐꾼으로 일하기도 했고, 일류 레스토랑에서 접시닦이도 해봤습니다. 한때는 보석 상자를 만드는 일도 했군요. 그리고 직업군인으로 복무한 적도 있습니다.

　　제가 이렇게 다양한 직업들을 전전한 것은 앞으로 맡을 배역의 머릿속에 들어가서 그들의 심리적 배경을 체험하거나 그들의 애환을 느껴보려는 연기 공부 차원에서 그런 것이 아니었습니다. 아무도 저보고 연기학원에 나와보라고 불러주지 않았으니까요. 그저 방세를 벌기 위해서였습니다. 스물아홉 나이에 땡전 한 푼이 없어서, 말 그대로 허접스런 식당에서 스파게티 한 접시 사 먹을 돈이 없었노라고 하면 다들 선뜻 믿기지 않으실 겁니다. 흔히들 파산 상태라고 하면 은행 잔고가 바닥인 것을 뜻하잖아요. 당시 저의 유일한 은행은 바로 제 호주머니였고, 그 은행

속에는 보풀만 가득 차 있었거든요.

　　여러분들은 아마 정규 고등교육을 받을 기회가 있었겠지요. 그런데 저나 제 부모님 때는 중등교육이 최고의 고등교육이었습니다. 따로 뭘 배우려고 과외 수업을 받거나 교육용 비디오를 본 적도 없었습니다. 하지만 책은 참 열심히 읽었습니다. 학창 시절에 본 책들을 통해 저는 다른 사람들의 삶이 어떤 것인지 맛볼 수 있었습니다. 책 속의 인생은 저와는 참 달랐습니다. 결국은 제 인생을 한번 바꿔보자고 마음먹기에 이른 것이죠. 저는 배우로서의 가능성을 '탐구'한 것이 아니라 '작심'한 것입니다.

당신이 정말 배우가 되고 싶기는 하지만 그로 인해 골프 약속이나 정치적 야망, 성생활 등에 지장을 받지 않아야 한다는 조건을 붙인다면, 당신은 진심으로 배우가 되고 싶은 게 아닙니다. 배우라는 직업은 파트타임, 즉 시간제 직업 이상일 뿐만 아니라, 상근직 이상의 전문성이 요구됩니다. 배우는 24시간 강박증에 사로잡혀 몰입해야 하는 직업입니다. 한 치의 오차나 모자람도 여지없이 드러나는 정직한 직업인 것입니다.

　　이 책의 내용이야 꿈속에서 거꾸로 읽을 수 있을 정도로 열심히 파고들면 마스터하실 수 있을 겁니다. 하지만 질주하는 기관차 같은 의지나 추진력이 없다면, 전문 금고털이 빰치는 냉철한 집중력이 없다면, 족제비 못지않은 끈기와 교활함이 없다면, 아무리 이 책을 읽고 영화 공부를 10년 넘게 하더라도 배우

블러드 앤 와인 Blood and Wine
밥 라펠슨 감독, 20세기폭스 필름, 1997. (잭 니콜슨과 함께)

블루 아이스 Blue Ice
러셀 멀케이 감독, M&M 프로덕션, 1992, (숀 영과 함께)

라는 직업에 한 치도 다가서지 못할 것입니다. 쉬운 말로 해볼까요? 배우 이외에 다른 길도 염두에 두고 있다면, 아예 꿈도 꾸지 마시라는 말입니다.

늘 자신이 손해를 본다고, 좋은 기회를 뺏긴다고 생각하는 배우들이 있기 마련입니다. 캐스팅이나 제작 과정 중에 일부 세부적인 사항들이 기대에 어긋날 수도, 못 미칠 수도 있습니다. 예상했던 것과 완벽하게 맞아떨어지지 않는 경우도 있을 수 있습니다. 감독을 잘못 영입할 수도 있고, 감독은 제대로 뽑았는데 제작 분위기가 글러먹었을 수도 있고, 당신을 출연시킨 캐스팅 감독이 당신을 제외한 다른 출연진을 죄다 잘못 골랐을 수도 있고, 영화 스토리는 좋은데 각본이 나쁠 수도 있습니다.

　여기서 제가 여러분에게 말씀드리고 싶은 것은 앞서 나열된 이들과는 다른 부류의 사람들입니다. 일단 일을 시작하면 바깥이 캄캄해진 줄도 모른 채, 어떤 일이 벌어지건 상관없이 항상 게임처럼 자신에게 주어진 일을 흠뻑 즐기는 이들 말입니다. 그렇다고 해서 그들이 장애물을 전혀 의식하지 못하는 것이 아닙니다. 자신들을 가로막는 장애물에 즉각적으로 맞서는 것입니다. 영화만큼 장애물이 많은 난코스도 없습니다. 영화를 만들 때 모든 것이 다 잘되어간다면 그것은 뛰어넘어야 할 장애물이 없어서가 아니라, 모두들 다가오는 장애물을 미리 파악하고 제시간에 좋은 모양새로 그것을 제거하기 때문입니다. 덧붙이자면, 그런 난관을 오히려 즐긴다고 하는 편이 옳을 것입니다.

제가 영화 계통에 종사한 지 꽤 오랜 시간이 지났지만, 아직도 저를 전문적인 '코크니'(런던 토박이) 배우로 아는 사람들이 있습니다. 런던 토박이 전문 배우로 행세하는 것만으로 돈을 번다는 듯 말입니다. 저는 실제로 보_{Bow} 지역이 아니라 남부 런던 출신입니다. 아무 때나 보 지역에 가보시면 저보다 더 진국인 130만 명 가량의 런던 토박이들을 보실 수 있을 겁니다. 이제는 할리우드에서 저를 그렇게 말하는 사람은 거의 없습니다. 그런데 아직도 저를 "런던 토박이 배우 케인"이라고 부르는 인간들이 있습니다. 바에 죽치고 있다가 그곳에 들른 할리우드 제작자의 눈에 띈 운 좋은 영국 얼간이인 양 말이죠.

　　　이런 선입견 또한 당신이 치러내야 할 싸움의 일부입니다. 당신의 배경이나 혈통에 관한 싸움을 한바탕 치러내야 할 것입니다. 자기 과거를 부정하라는 말은 아닙니다. 자신의 과거라는 보따리 속에는 언제든 끄집어내서 써먹을 만한 기술이 존재하니까요. 당신이 뛰어난 외모와 건강한 신체의 소유자라면 그런 일에 열을 올릴 필요가 없겠지만 말이죠.

제가 가장 공격적으로 열을 올렸던 기회는 영화 〈줄루〉*에서 런던 토박이 억양이 필요한 배역을 딸 때였습니다. 제가 오디션을 보려고 했던 배역은 이미 캐스팅되었다는 나쁜 소식을 들은 상

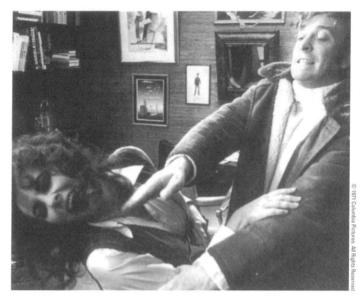

화려한 사랑 X, Y and Zee
브라이언 G. 허턴 감독, 콜롬비아 픽처스, 1971. (엘리자베스 테일러와 함께)

황이었습니다. 하지만 다른 배역인 상류층 영국인 역을 할 만한 배우를 애타게 기다리고 있던 제작진은 제게 그 배역의 스크린 테스트를 받을 수 있는 기회를 주기로 했습니다.

저는 절대 움츠러들지 않았습니다. 제작자와 감독에게 그들이 찾고 있는 배역에 대한 생각이나 정의를 새로이 하도록 만든 것입니다. 처음에는 전형적인 공교육을 받은 오만한 신동 역할을 할 사람을 찾았던 건데, 결국에는 저 같은 캐릭터로 낙찰을 보게 한 것이죠. 그들로 하여금 새로운 시각으로 저를 보게 한 것입니다. 그렇지만 그때까지도 사람들은 "저 친구는 훌륭한 런던 억양을 가졌으니 런던 토박이 배역에 안성맞춤일걸. 큰 배역은 아니겠지만 감초 역할을 제대로 할 수 있는 런던 토박이 역할로 말이지"라고 자기들끼리 수군대곤 했습니다. 100여 편의 영화에서 수많은 배경을 가진 다양한 역할을 연기해왔지만, 저의 이런 전쟁은 여전히 진행 중에 있습니다.

제가 왜 이런 이야기들을 하느냐고요? 마이클 케인이 무슨 권리로, 무엇을 안답시고 영화 연기를 가르치려 드느냐고요? 그런 게 있을 리 있겠습니까? 저만큼, 아니 더 많이 아는 배우들도 많은데요.

Zulu 1964. 1879년 줄루군이 영국군 1,500명을 대학살했던 전투를 담은 전쟁영화로, 가장 고전적인 전투 장면으로 유명하다.

머펫의 크리스마스 캐롤 The Muppet Chistmas Carol
브라이언 헨슨 감독, 월트디즈니 픽처스, 1992.

소외된 분노 A Shock to the System
얀 이글슨 감독, 커세어 픽처스, 1989. (엘리자베스 맥거번과 함께)

하지만 이 직업에는 직업 이상의 그 무엇이 있습니다. 바로 커뮤니티라는 것입니다. 서로 자신들의 경험을 나누고 배려하는 커뮤니티 말입니다. 제가 지금 아는 모든 것들은 저와 일했던 성공한 배우들이 제게 나눠준 경험들의 산물일 뿐입니다. 저는 단지 그들로부터 받은 바통을 여러분에게 넘겨드릴 따름입니다. 제 경험이 마치 절대적인 복음인 양 받아들이지는 마십시오. 그저 제가 넘겨드리는 바통을 받아 들고 힘껏 달리십시오!

마이클 케인 드림

국제 첩보국 The Ipcress File
시드니 J. 퓨리 감독, 유니버설 픽처스, 1965.

01

영화 연기란 무엇인가

보통 사람은 아침에 눈 뜨면서 "오늘은 어떻게 연기하지?

어떤 인상을 줘야 할까?"라고 자문하지 않습니다.

그저 자기 생각대로 자기 일을 생각하며

자기에게 주어진 일상을 살아갈 뿐이지요.

영화배우라면 자기가 맡은 배역에 대한 소재들을 충분히 책임지고,

그 캐릭터가 함 직한 가장 비밀스런 생각까지 유추해내면서

배역의 삶과 충분히 조율할 수 있어야 합니다.

■■■ 보통 사람은 아침에 눈 뜨면서 "오늘은 어떻게 연기하지? 어떤 인상을 줘야 할까?"라고 자문하지 않습니다. 그저 자기 생각대로 자기 일을 생각하며 자기에게 주어진 일상을 살아갈 뿐이지요.

영화배우라면 자기가 맡은 배역에 대한 소재들을 충분히 책임지고, 그 캐릭터가 함 직한 가장 비밀스런 생각까지 유추해 내면서 배역의 삶과 충분히 조율할 수 있어야 합니다. 마치 자기를 지켜보는 사람이 아무도 없다는 듯, 그러니까 자신을 엿보는 카메라가 존재하지 않는다는 듯 말이죠. 카메라는 그냥 우연히 그 자리에 서 있을 뿐인 겁니다. 흔히 꿈에서도 외국어로 이야기할 정도가 돼야 그 언어를 완전히 익힌 것이라고들 합니다. 영화 배우라면 어떤 배역이 자기 것이라고 말하기에 앞서 다른 사람이 되어 그 사람의 꿈을 꿀 수 있어야 합니다.

카메라 앞에 처음 서는 일은 첫 데이트를 하러 나가는 것 같지는 않습니다. 첫인상을 특별히 좋게 하려고 애쓸 필요가 없기 때문이지요. 카메라에게 구애할 필요는 없습니다. 이미 카메라는 당신을 깊이 사랑하고 있으니까요. 지극정성을 바치는 애인처럼 카메라는 당신의 모든 말, 모든 시선을 좇을 것입니다. 카메라라는 애인은 당신에게서 결코 시선을 떼지 못한답니다. 카메라는 당신의 말과 행동을 모두 듣고 기록할 것입니다. 아무리 미세한 움직임일지라도 말이죠. 그토록 정성스러운 봉사를 받아 보신 적이 없을 겁니다. 그리고 카메라는 가장 충직한 애인처럼

10억 달러짜리 두뇌 Billion Dollar Brain
켄 러셀 감독, 유나이티드 아티스츠, 1967.

당신을 기다려줍니다. 배우 경력 대부분의 시간을 한눈팔며 카메라를 무시하더라도 말이죠.

　　카메라와의 이런 애정 관계가 영화 연기를 쉽게 만들어준다는 말로 들린다면, 다시 잘 생각해보셔야 합니다. 카메라 앞에서 사실적으로, 진실되게 행동하려면 꾸준한 훈련과 응용이 뒷받침되어야 하는 아주 정교한 영화 연기술이 요구됩니다. 영화 연기가 쉬웠던 적은 절대 없었습니다. 도리어 지난 30년 동안 영화 연기술은 더욱 많은 것을 요구하게 되었습니다. 일부는 기술 발전 때문이고, 다른 일부는 배우나 감독들이 스스로에게 지운 요구와 부담 때문입니다. 그리고 관객들의 기대치가 더 높아졌기 때문이기도 합니다.

　　영화에서 '연기acting'하는 것이 보인다면 그 배우는 뭔가 잘못하고 있는 것입니다. 카메라 앞에서 뭔가를 보여주려고 '연희performing'를 하는 것이 포착된 순간, 배우로서의 기회는 날아가는 것입니다. 그런 배우는 아주 내밀한 사적 공간에서 사적인 삶을 살고 있는 인물이 아닙니다. 개런티를 받고 자신에게 주어진 대사를 관객을 위해 낭독하고 있을 뿐입니다. 착각이여 안녕! 배우라는 직업이여 안녕!

　　초기 유성영화 시절에는 연극판에서 훈련된 배우들이 영화 쪽으로 건너왔습니다. 이들이 연극에 맞춤한 방식으로 연기했다는 것이 놀랄 일은 아니죠. 편하게 말을 하지 못하고 극장 맨 뒷좌석 발코니에 앉은 사람에게 들릴 만큼 웅변조로 대사를 했습니다. 영화 촬영장에는 극장 발코니 좌석이 없다는 사실을 아무도 말해주지 않았나 봅니다. 그렇게 크게 대사를 치는 게 어느 정도는 필요했을 것입니다. 당시에는 마이크가 한 곳에 고정되어 있었으니까요.

실제로 마이크를 테이블 중앙에 놓인 화병 꽃 속에 숨겨두곤 했습니다. 그래서 배우가 테이블에서 멀어지면 목소리를 높여야 했습니다. 하지만 지금은 음향 기술이 고도로 발달했습니다. 요새는 셔츠 깃 안쪽에 마이크를 부착하거나 옷 주름 사이에 끼워 넣어 숨길 수 있기 때문에 배우가 나지막이 속삭이는 소리까지 죄다 들립니다. 그렇기 때문에 배우가 인위적으로 목소리를 높일 필요가 없게 되었습니다. 오히려 그 반대입니다.

연기가 아닌 진짜 연기

연기 스타일 역시 달라졌습니다. 옛날에는 배우가 울어야 하는 장면을 찍을 때 슬픔을 관객에게 잘 보여주려고 서슴없이 감정을 과장했습니다. 옛날 명배우들이 스크린에서 보여줬던 명연기들을 흉내 낸 것일 수도 있겠죠. 그런 방법이 정말 효과적이었는지는 모르겠지만 당시 연기 전통이란 그랬습니다.

현대의 영화배우들은 현실에서 진짜 인생을 사는 진짜 사람들은 자신의 감정을 드러내지 않으려고 애쓴다는 사실을 잘 압니다. 스스로에 대한 방어 체계가 완전히 무너지기 전까지는

캘리포니아의 다섯 부부 California Suite
허버트 로스 감독, 콜롬비아 픽처스, 1978.

눈물을 보이지 않으려고 애쓰는 것이 더욱 사실적이고 호소력을 지니기 마련입니다. 오늘날 배우들은 영화를 흉내 내서 연기하는 것보다 차라리 다큐멘터리를 모방하는 것이 나을 것입니다. 술 취한 연기도 마찬가지입니다. 실제 생활에서 술 취한 사람은 멀쩡하다는 것을 보여주려고 애쓰기 마련입니다. 연극이나 영화 속에서 조야한 연기라면 술 취한 상태를 보여주려고 온 데를 갈지자로 비틀거리면서 걷습니다. 그것은 인위적인 연기입니다.

결국 이런 연기는 배우와 관객 사이에 벽만 쌓게 되고, 그 배역의 말과 행동 모두가 보는 이에게 믿음을 주지 못하게 만듭니다. 신뢰에 금이 가는 것입니다. 그리고 일단 금이 가면 회복은 절대 불가능합니다. 달리 말해, 오늘날의 영화 연기는 '연기'보다 '자연스러움'이 관건이 되었습니다.

관객이 영화 연기의 변화에 지대한 영향을 미친 것이 사실입니다. 무엇이 진실되고 무엇이 그렇지 않은지 재빨리 파악한 것입니다. 〈분노의 포도The Grapes of Wrath〉(1940)에서 헨리 폰다*의 연기를 본 관객이라면 실제 삶을 세밀하게 관찰한 사실적인 연기와 설득력이 떨어지는 연극적인 연기의 차이를 경험할 수 있었을 것입니다. 〈워터프런트On the Waterfront〉(1954)에서 말런 브랜도*는 긴장을 완전히 이완시킨 상태에서 아주 자연스러운 연기를 보여줌으로써 영화 연기 발전사에 또 다른 이정표가 되었습니다.

최근 몇 년간 영화 관객들은 배우가 전달하는 미세한 신호까지 놓치지 않고 보는 데 훈련이 되었습니다. 배우가 사용하는 아주 미세한 신체 언어가 스크린에서는 강력한 힘을 발휘하는 제스처의 역할을 할 수 있게 된 것입니다. 〈케인호의 반란The Caine Mutiny〉(1954)에서 원작 소설가는 퀴그 대위가 손 안에서 두

Henry Fonda 1905~1982. 미국 네브래스카 주 태생. 미네소타대학에서 신문학을 전공하던 중, 그의 가족과 친하게 지내던 어머니의 친구인 말런 브랜도의 어머니의 소개로 오마하 지역 극단에서 연기를 시작했다. 이후 뉴잉글랜드 극단으로 옮겨(당시 극단의 멤버들은 조슈아 로건, 제임스 스튜어트, 마거릿 설리번 등 브로드웨이와 할리우드의 유망주들로 구성되었다) 주인공을 맡으면서 브로드웨이로 진출하고 곧이어 영화계로 진출한다. '대학 극단University Players'에서 미국적이면서 자연스러운 연기 스타일을 익힌 그는 그 누구보다 당시 영화스크린에 잘 어울렸고, 할리우드는 그를 일약 스타로 만들었다. 〈젊은 링컨Young Mr. Lincoln〉(1939)과 〈분노의 포도The Grapes Of Wrath〉(1940)로 유명해진 그는 〈레이디 이브Lady Eve〉(1941), 〈남성이라는 동물The Male Animal〉(1942) 등에서 희극 연기를 보여줌으로써 연기의 지평이 점차 확대되었다. 〈황야의 결투My Darling Clementine〉(1946)나 〈도망자The Fugitive〉(1947)에 이어 1948년 시작하여 3년간 브로드웨이에서 히트했던 〈미스터 로버츠Mister Roberts〉와 텔레비전 영화였던 〈레드 포니The Red Pony〉(1973), 〈클래런스 대로Clarence Darrow〉(1974) 등으로 미국인들에게 크게 사랑을 받은 그는 1981년 아카데미 공로상을 수상하기도 했다. 딸 제인 폰다와 아들 피터 폰다가 그의 뒤를 잇고 있다.

Marlon Brando 1924~2004. 미국 네브래스카 주 태생. 영화 〈대부The Godfather〉(1972)에서 콜레오네 역을 맡아 잘 알려졌다. 처음에는 액터스 스튜디오에서 메소드 연기 기법을 훈련받고 연극 무대에 섰다. 〈욕망이라는 이름의 전차A Streetcar Named Desire〉(1951)에서 스탠리 코왈스키 역을 맡으면서 이름이 알려졌다. 이 작품에서 입속에서 중얼거리듯이 내뱉는 대사 전달이나 반항적이면서 동물적인 스탠리 코왈스키 연기는 액터스 스튜디오에서의 연기 훈련을 통해 만들어진 것이다. 스튜디오에서 그의 자연스러운 연기를 보고 감탄한 엘리아 카잔이 영화를 만들면서 말런 브랜도를 비비안 리의 상대역인 스탠리 코왈스키로 캐스팅했다. 이 영화는 상업적으로 성공했을 뿐 아니라 작품성으로도 세계적으로 인정받게 된다. 그의 자연스러운 연기는 이후 〈워터프런트On the Waterfront〉(1954)의 테리 멀로이 역을 맡으며 더욱 진가를 발휘하게 되고 그해 아카데미, 영국아카데미, 골든글로브 등 각종 시상식에서 남우주연상을 수상한다. 1973년 〈대부〉로 두 번째 아카데미 남우주연상을 수상한다. 다음 해 많은 논란을 불러일으킨 영화 〈파리에서의 마지막 탱고Ultimo tango a Parigi〉(1972)에서 성도착증을 가진 중년 남자를 연기하고 2년 연속 아카데미 남우주연상 후보에 올랐다.

개의 강철 볼을 굴리는 모습을 통해 불안한 상태를 드러냈습니다. 동명의 영화에서 그 역을 맡은 험프리 보가트*는 굳이 신경질적인 표정을 보여주지 않더라도 강철 볼 두 개가 쩔꺼덕거리며 부딪치는 소리를 사운드트랙에 담는 것만으로 관객들에게 불안한 심리 상태를 충분히 전달할 수 있다는 사실을 알고 있었습니다.

카메라는 배우를 사랑한다

클로즈업은 섬세한 감정이나 생각을 전달할 때 필요한 카메라 숏입니다. 이 기법은 배우에게 엄청난 힘을 실어주기도 하지만, 그런 잠재력을 실현하려면 고도의 집중력이 요구됩니다. 카메라

Humphrey Bogart 1899~1957. 일명 '보기Bogie'라는 애칭으로 유명한 그는 할리우드 역대 남자 배우 중 최고의 자리를 누렸다. 유복한 집에서 태어나 어려서부터 사립학교에서 교육을 받았으며 예일대학에 입학하려고 준비하다 학업에 적응하지 못하고 중퇴. 1921년 배우의 꿈을 안고 브로드웨이로 와서 연기를 시작하였다. 1920~1930년대 브로드웨이에서 단역들을 맡아 공연하던 중 레슬리 하워드의 추천을 받아 영화에 출연한 것이 그의 대표작 중의 하나인 〈하이 시에라High Sierra〉(1941)였다. 그 뒤를 이어 당시 시나리오 작가이기도 했던 존 휴스턴의 첫 작품인 〈말타의 매Maltese Falcon〉(1942)을 비롯해 〈카사블랑카Casablanca〉(1942), 〈명탐정 필립Big Sleep〉(1946) 등으로 성공을 이어갔다. 한쪽 입술이 비뚤어진 탓에 발음이 새서 대사를 명확하게 알아듣기 어려울 때도 있고, 시선 처리나 말하는 태도가 어색해 의도적인 느낌을 주기도 한다. 하지만 폭력과 부패, 도덕성이 상실된 모순된 암흑기의 시대를 살아야 했던 당시 인텔리들의 자조적이며 냉소적인 캐릭터를 통해서 인간의 모순과 그를 극복하려는 의지를 담은 그의 연기는 결코 다른 배우들에게서 발견할 수 없는 특유의 카리스마를 발휘한다.

클로즈업이 그저 그런 순간을 무언가 엄청난 장면으로 바꾸는 마법을 저절로 부리는 것이 아닙니다. 배우가 순간적으로 무엇인가 엄청난 것을 발견하지 않는다면 말이죠. 사실은 그 반대의 경우가 허다합니다. 카메라 클로즈업은 아주 미세한 부정확함까지 집어내서 확대해버리기 때문입니다.

무대였다면 관객과의 거리가 6미터 남짓한 거리에서 배우가 대사를 깜빡해도 그 순간은 어찌어찌 얼버무릴 수 있습니다. 하지만 카메라는 의도하지 않은 조그마한 멈칫거림까지 간단없이 폭로해버립니다. 만약 촬영 스태프 중 한 명이 비록 카메라 프레임 밖에서라도 제 시선 앞으로 지나가면, 저는 즉시 다시 찍자고 합니다. 설사 제 집중력이 떨어지지 않았고, 감독이 괜찮다고 하더라도 카메라는 필시 제 시선 맨 끝자락의 실낱같은 흔들림을 담아냈을 것이기 때문입니다.

당신의 집중력이 최고조에 달해 있고, 당신의 연기가 진실된 경우, 느긋하게 있으면 카메라가 알아서 매 순간을 담아낼 겁니다. 카메라가 당신을 넘어뜨리지는 않을 테니까요. 카메라는 늘 당신을 지켜보고 있습니다. 카메라는 당신의 친구입니다. 잊지 마십시오. 카메라는 당신을 사랑한다는 사실을. 카메라는 당신이 말하는 한 마디 한 마디를 모두 경청할 것이고, 아무리 미세한 동작이라도 당신의 일거수일투족을 모두 기록할 것입니다. 무대 연기가 메스를 쓰는 수술이라고 한다면, 영화 연기는 레이저를 사용하는 수술인 것입니다.

스케일 면에서는 영화 연기가 무대 연기보다 작아 보일지 몰라도, 연기 밀도 면에서는 그에 못지않습니다. 아마 훨씬 클 것입니다. 무대에서는 작품 전체가 몰아가는 극적인 힘이 당신의 연기를 지탱해주겠지만, 영화에서는 각기 동떨어진 독립된 순간을 촬영하기 때문에 매 숏마다 높은 밀도의 집중력을 끌어내야 합니다.

영화에서는 타성적으로 묻어가는 것을 허용하지 않습니다. 당신의 뇌가 기본적으로 두 배 이상의 속도로 회전하지 않으면 스크린 안에서 존재감이 사라지는 것입니다. 영화 속에서 '작은' 연기 하나가 얼마나 크게 보이는지 놀라게 될 것입니다. 연기가 자연스럽다는 것이 전제된다면 말이죠.

그렇다고 그냥 카메라 앞에서 아무것도 하지 않고 멀뚱하니 서 있으면 안 됩니다. 그리고 무대에서처럼 팔을 휘저어가며 과장되게 연기해서도 안 되고요. 그렇다고 연극적으로 동작을 하되 움직임을 한 급 낮추기만 하면 될 것이란 생각은 애시당초 갖지 마십시오. 연기하는 매 순간마다 생각해야 합니다. 카메라가 당신의 머릿속을 훤히 들여다보고 있으니까요. 이렇게 카메라가 들여다본 것을 관객들도 그대로 보게 되니까요.

연기의 진짜 열쇠는 당신의 마음을 전달하는 데 있습니다. 마음을 극도로 집중시키면, 몸은 저절로 올바른 방향을 향하기 마련입니다.

추적 Sleuth
케네스 브래너 감독, 캐슬록 엔터테인먼트, 2007. (주드 로와 함께)

작을수록 좋다

저는 가끔 크고 요란스러운 동작으로 다른 사람의 장면을 빼앗는 배우들을 만날 때가 있습니다. 이런 배우들은 머리를 써야할 때 몸과 목소리를 쓰는 부류입니다. 목소리와 움직임에 관한 작을수록 오히려 크게 전달된다는 것을 깨닫지 못하는 것입니다. 연극 무대에서 대배우급인 분들 중에 영화 매체에 적응을 못 하거나, 안 하려는 분들이 있다는 걸 아실 겁니다. 아마 신형 메르세데스 벤츠가 필요하다 싶으면 〈티투스 안드로니쿠스Titus Andronicus〉 공연 스케줄 중에 비는 기간을 이용해 영화에 끼워 넣기 식으로 출연해 자기 몸값을 챙기기도 하겠죠.

그런 배우에게 카메라를 들이댄다고 합시다. 촬영 현장에 있는 사람들이 죄다 미치기 일보 직전 상태가 됩니다. 목소리는 너무 큰 데다, 무대 위라면 관객의 호흡을 멈출 정도의 괴력을 지녔을지 모를 동작은 카메라 앞에서는 과장되어 보이는 바람에 실제와는 괴리감이 큽니다. 그런 배우의 상대역을 해야 하는 경우에 저는 그 사람 밑으로 깔리는 쪽을 택합니다. 제 나름대로 소신을 가진 사실적인 연기를 고수하는 것입니다. 그러면 결국 상대 배우는 아주 우스꽝스러운 바보처럼 보여버리죠.

영화에서 나무는 나무일 뿐입니다. 캔버스 조각에 색칠을 해놓고 이렇게 말하지는 않습니다. "우리는 극장 안에 있습니다. 그리고 이건 단순히 색칠된 그림이 아니라 진짜 나무라는 것을 의심치 말고 잠시 믿어보기로 합시다. 그러면 멋진 무대 배우가 '연기'하는 것을 보게 될 것입니다." 무대 위에서는 발성을 크게 해야 합니다. 그렇지 않으면 배우의 목소리가 객석 세 번째 줄까지만 날아가고 흔적도 없이 사라져버릴 테니까요. 영화에서는 마이크가 한순간도 놓치지 않고 배우의 말을 붙잡습니다. 제아무리 소곤대는 소리라도 말이죠.

영화에서 매 순간 잠재적 힘을 가져다주는 것은 바로 배우의 '반응reaction'입니다. 영화 촬영 시에는 클로즈업에서 시선 처리와 더불어 상대역의 대사를 잘 듣는 것이 중요한 이유가 여기 있습니다. 굳이 목소리를 키우거나 소리칠 필요가 없습니다. 무턱대고 동작을 크게 할 이유도 없습니다.

스크린에서의 잠재력

사람을 겉으로만 보고 스크린에서의 잠재력을 가늠하기란 불가능한 일입니다. 그만이 갖고 있는 비밀 병기가 무엇인지 아무도 알 수 없습니다. 배우가 자신에게 주어진 역할을 연기해내는 것을 보기 전까지는 어떤 일이 벌어질지 예상할 수 없습니다.

지금도 바깥에는 여러분이나 저, 그리고 수많은 사람들이 보고 싶어 하는 그런 행운아들이 있습니다. 하지만 메릴린 먼로 Marilyn Monroe나 제임스 딘*의 스크린테스트를 보게 된다면, 그들 역시 얼마나 스크린테스트를 두려워했는지 알게 될 것입니다.

아울러 꿈의 스타가 탄생하는 마술 같은 현장도 함께 보게 될 테 고요.

스크린테스트는 배우가 은막에서 보여줄 수 있는 잠재력을 최초로 평가하는 기초적인 과정이며, 그 자체로 험난할 수 있습니다. 대부분의 스크린테스트는 다른 배우들과 함께 받습니다. 실제 영화 스타들과 하는 것이 아니라(풋내기와 시험 볼 시간은 없으니까요) 테스트를 위해 특별하게 고용된 누군가와 말이죠. 스태프들은 카메라를 당신 쪽으로 향하게 놓고 클로즈업 숏을 찍습니다. 그리고 여러분을 옆으로 서게 해서 프로필을 찍습니다. 그런 다음 당신이 오디션을 보는 영화에서 가장 어려운 대사가 포함된 장면 중 하나를 골라 카메라를 등진 상대 배우를 마주 보고

James Dean 1931~1955. 캘리포니아대학 재학 중 제임스 휘트모어의 극단에 들어가 연기 훈련을 받으면서 간간이 텔레비전에 출연하였다. 1951년 연기 수업을 제대로 받으려고 뉴욕으로 가서 액터스 스튜디오Actors Studio에 다니며 텔레비전과 브로드웨이 연극에 출연했는데, 지드의 〈배덕자The Immoralist〉(1954)는 그를 차세대 배우로 인정받게 하는 계기가 됐다. 워너브라더스와 계약을 맺은 그는 곧바로 〈이유 없는 반항Rebel Without A Cause〉(1955), 〈에덴의 동쪽East of Eden〉(1955)에 출연하면서 세계적인 아이콘으로 급부상했다. 이 두 영화에서 보여준 반항적이고 우울하고 불안하고 소외된 젊은이의 역할은 50년대 중반 미국 사회의 젊은이들이 겪었던 시대적 정서를 그대로 반영하였다. 스피드광이었던 딘은 스포츠카를 몰고 카 레이싱을 즐겼고, 자동차 경주 대회 준비 중 자신이 몰던 포르셰가 건너편에서 오던 차와 정면 충돌하는 사고로 스물넷이란 나이에 세상을 떴다. 그의 갑작스런 죽음으로 할리우드는 사후 아카데미 남우주연상을 수여하기도 했다. 특히 〈에덴의 동쪽〉에서 그가 보여줬던 즉흥연기나 인물 묘사력, 감정선을 연기로 연결하는 능력에 엘리아 카잔 감독도 감탄했다고 한다. 예를 들어 아버지로부터 도망가는 것으로 설정된 존 스타인벡의 시나리오를 제쳐두고 딘은 당시 아버지 역할을 했던 레이먼드 매시를 와락 끌어안는 즉흥연기를 보여주었다. 집에서 도망가기 전 아들이 아버지에게 보여주는 반응을 딘은 그렇게 즉석에서 표현했고, 아버지는 아들의 뜻밖의 행동에 놀란다. 카잔 감독은 딘의 즉흥연기의 결과를 그대로 화면에 담음으로써 영화사의 명장면 중 하나를 남기게 되었다.

연기를 해보라고 합니다. 여러분이 가진 스크린 잠재력은 카메라를 통해 보이는 외모, 유연함, 목소리 그리고 무엇이라고 딱 부러지게 꼬집어 말할 수는 없지만 보석처럼 빛나는 몇몇 영화배우에게서 뿜어져 나오는 광채 같은 것을 통해 평가됩니다.

자신의 것을 철저히 준비하라

그외에도 영화 연기는 정신적, 육체적인 소모를 요구합니다. 결과적으로 두드러지게 눈에 띄지는 않지만, 적어도 하루든 이틀이든 자그마한 역할이라도 직접 해보지 않고는 상상하기 힘든 것들입니다. 이러한 요구 사항은 집에서 출발할 때부터, 그러니까 카메라 앞에 서기 전부터 이미 적용됩니다. 많은 준비 사항이 화려한 영화계 입문용이 아니라 연기학교 입시용처럼 들릴 것입니다. 실제로 촬영 현장에는 화려함이 아니라 고된 노동만이 존재합니다.

첫째, 숙면을 취할 수 있도록 편안한 심리 상태를 유지하십시오. 아침에 확실하게 깨워줄 알람을 준비한 다음에 말이죠. 둘째, 현장으로 움직일 교통편을 확실하게 준비하십시오. 시간은 돈이기 때문입니다. 스튜디오나 촬영지에 제시간에 가는 방법을 몰라서 늦게 도착한다면 일거리를 놓칠 수도 있을 테니 말입니다. 목적지를 확실하게 정하고(촬영장이 갑자기 바뀔 가능성은 늘 있기 마련입니다) 거기서 당신 영화의 첫 장면을 찍는다는 생각으로 그곳까지 가는 연습을 마음속으로 미리 해두십시오. 카메라가 돌아가기 전부터 당신은 이미 준비 완료 상태에서 대기하고 있어야 합니다. 여기서 준비 완료 상태라고 하는 것은 당신의 배역에 대한 것만 해당되는 것이 아닙니다. 로케이션이나 촬영지에 대한 것도 포함되는 것입니다. 가야 할 위치를 항상 확인하고, 다음 행선지가 어디이며, 현장에 도착해서 무엇을 해야 하는지 정확히 알고 준비된 상태여야 합니다.

일단 촬영 현장에 도착해보면 정신병원에라도 온 것 같은 난리 법석 탓에 영화 촬영이라는 본질적인 행위에 집중할 수 없을 만큼 정신이 산만해집니다. 그래도 해가 뜨기 전에 준비를 마친 상태로, 그러니까 의상을 다 입고 분장도 끝낸 상태로 대기하고 있어야 합니다. 이미 의상을 모두 갖춘 상태라면 어디 갈 데도 없습니다. 조심하십시오. 옷에 음료수를 흘리거나, 바짓가랑이가 진흙 바닥에 끌리지 않도록 말이죠.

당신의 차례가 올 때까지 하루 종일 걸릴지라도 현장에서 다른 사람들과 어울려 떠드느라고 에너지를 소모하지 마십시오. 제때 밥을 먹여줄 거라는 기대도 하지 마시고요. 카메라 기사들은 촬영하기 좋은 햇빛이 있는 동안에는 야외촬영을 계속 하려고 들 수 있기 때문입니다. 일부러 당신을 굶기려는 사람은 아무도 없습니다. 촬영장 모퉁이의 간이 식당에서 음식 냄새가 솔솔 풍겨 올 수도 있습니다. 하지만 다른 사람들과 마찬가지로 영화는 여러분에게 언제나 첫 번째이고 늘 최우선이어야 합니다. 아무리 뱃속에서 꼬르륵 소리가 나더라도 말입니다.

연극은 만들어가는 것, 영화는 만들어진 것

영화 촬영은 장시간 집요하게 사람을 맴돌리는 작업입니다. 육체적으로 강인하지 않다면, 장거리를 주파할 끈기가 없다면 애초부터 이 일을 시작하지 마십시오. 야간촬영이 있을 수도 있고, 다음 날 새벽 먼동이 트기 시작할 때 다시 촬영 현장에 나와서 어제 찍었던 장면들을 죄다 새로 촬영해야 할 때도 있습니다. 기다리는 일도 촬영 못지않게 피곤하겠지만, 일단 카메라가 돌아가기 시작하면 최선의 상태를 보여야 하기 때문에 항상 준비된 상태로 에너지를 비축해둬야 합니다.

자기 차례가 오면 자신이 갖고 있는 최상의 모습을 보여주는 데서 그치지 말고, 감독이 원하는 것이 무엇인지를 정확하게 파악하고 그대로 해내야 합니다. 험한 날씨나 활동이 불편한 의상, 배우에게 눈을 떼지 못하고 몰려드는 구경꾼 등 어떠한 악조건 아래서도 말이죠.

영화에 첫발을 들여놓는 연극배우라면 정신을 바짝 차리고 가장 먼저 깨달아야 할 원칙이 있습니다. 촬영 첫날부터 자기 대사를 완벽하게 외워서 소화하는 것은 기본이고, 나아가 자신이 연기해내야 하는 장면을 자기 나름대로 연출할 수 있어야 한다는 것입니다. 모든 일들이 자기가 맡은 배역에 대해 감독과 의

논하는 과정 없이, 다른 배역을 맡은 배우들과 별도의 상의 없이, 세트 리허설이라는 연습 없이 이뤄질 수도 있기 때문입니다.

무대 공연의 경우 연극배우는 서서히 작품 내의 현실 속에 스며들면서 극중 상황이나 인물에 익숙해집니다. 처음에는 다른 배역을 맡은 배우들과 만나 대본을 독해하면서 작가의 의도가 무엇인지에 관한 전체적인 개요를 익히게 될 것입니다. 그런 다음에는 연출가의 생각을 들을 것이고, 이어서 누구나 참여하는 자유 토론의 시간을 가질 것입니다. 손에 대본을 든 배우들은 1막 1장에서 시작해 한 장면 한 장면 진행될 때마다 극중 배역에 서서히 젖어들게 됩니다. 반면 영화는, 연극배우들에게는 안된 일이지만 세례식처럼 한 번에 물속에 잠겨야 됩니다. 연극이 차차 만들어가는 것이라면, 영화는 이미 만들어진 것입니다.

리허설을 할 때도 있지만, 매번 그래야 한다는 원칙이 있는 것은 아닙니다. 리허설은 배우를 위해서가 아니라 촬영기사들을 위한 경우가 대부분입니다. 그리고 배우는 아무리 연습을 많이 했더라도 항시 유연한 상태여야 합니다. 갑자기 새로운 대사가 끼어들 수도 있고, 즉석에서 움직임을 바꾸는 경우도 있기 때문이지요. 그런 상황에서 허둥지둥하는 것은 금물입니다.

연극배우로서는 다른 배우들의 연기에 전혀 신경 쓸 필요가 없다는 사실을 이해하기 힘들 겁니다. 촬영 시 다른 배우들의 연기에 도움을 받건 방해를 받건 관계없이, 설사 무시당한다는 느낌을 받더라도, 영화배우라면 자신이 원하는 바를 상대역이 정확히 해준 듯한 반응을 보여야 합니다. 기억하십시오. 직접 카메라에 눈을 대고 장면을 보지 않고서는 여러분이나 상대역의 연기가 좋은지 아닌지 알 수 없다는 사실을 말입니다. 이처럼 영화 연기가 퍽이나 모호한 탓에 배우들은 세트장에서 촬영 중간에 제게 이렇게 말하기도 합니다.

"당신이 뭘 하고 있는지 도통 알 수가 없네요."

그러면 저는 이렇게 대답합니다.

"러시*를 한번 봅시다."

(심지어 가끔은 감독들에게도 같을 말을 할 때가 있습니다)

한번은 어떤 감독이 제게 말했습니다.

"마이클, 난 당신이 연기하는 것을 보지 못했어요. 그 장면을 찍을 때 말이죠."

제가 물었습니다.

"어디 앉아 계셨어요?"

"저쪽에요."

"거기서 뭐가 보이겠어요? 카메라 렌즈는 제 옆, 바로 여기에 있는데 말이에요."

연극 무대에서 활동하던 배우에게 쉽지 않은 또 다른 도전은 존재하지도 않은 배우를 불러내는 일입니다. 그러니까 카

---

rush 데일리스dailies라고도 불리는 이 작업은 제작자나 감독이 전날 촬영한 필름을 보면서 문제의 유무를 판단하기 위해 매일 촬영한 것을 확인하던 편집 전 단계의 작업이다. 우리나라에서는 일반적으로 러시라 부른다. 디지털 편집기가 등장하면서 지금은 현장에서 즉시 확인 작업을 할 수 있다.

메라에 대고, 마치 상대역을 마주한 것처럼 대사를 해야 하는 것이죠. 대개 카메라에 담기지 않는 배우도 현장에 남아 기꺼이 자기 시간을 할애해 자신도 클로즈업 숏으로 찍히고 있는 듯한 반응을 보여줌으로써 당신이 연기에 몰입할 수 있도록 배려해줍니다. 그러나 간혹 상대 배우가 촬영장에 없을 때는 자기 앞에 있다고 가정하고 연기하는 데 적응할 수밖에 없습니다.

제 경우에는 이럴 때 상대 배우가 있건 없건 별로 개의치 않습니다. 사실 저는 주로 상대 배우에게 그냥 집에 가라고 하는 편입니다. 저는 벽에 대고도 연기할 수 있기 때문입니다. 왜냐, 상대 배우와 함께 카메라에 잡혔을 때의 감정을 기억하고 유지하기 때문입니다. 하지만 저로서도 정말 어찌할 바를 모르겠는 경우가 있습니다. 감정이 절정에 오른 장면에서 상대역을 대신하게 된 스크립터* 아가씨가 특유의 코맹맹이 소리로 "여보, 사랑해. 하지만 나, 한눈팔았어"라고 과장되게 말할 때가 그렇습니다. 누구라도 과장된 반응을 보일 수밖에 없습니다. "아니야. 정말, 이건 아니야. 제발 그만 좀!" 이런 때가 좀 힘든 법이죠.

배역의 비중이 어느 정도이든 간에 모든 연기를 잘 해내야 하는데, 때에 따라서는 작은 역할이 더욱 어렵기도 합니다. 대사 한마디 하는 것이 제일 무서울 때도 있지요. 저는 100여 편의 영화에서 그랬습니다. 〈지구가 불타는 날〉*에서 경찰 역할을 맡았을 때입니다. 일반 승용차들을 한쪽 방향으로 유도하고 트럭들은 반대 방향으로 교통정리를 하면서 멋지게 한 줄짜리 대사를 외치면 됐습니다. 이 장면에서 제가 해야 하는 역할이 무엇인가 파악한 바로 그 순간, 감독이 친절하게도 "액션" 하고 외치는 겁니다. 깜짝 놀라는 바람에 제가 쓰고 있던 헬멧이 밑으로 처지면서 눈을 가려버렸습니다! 트럭을 어느 방향으로 보내야 할지 보이지도 않았고, 대사도 기억나지 않았습니다.

감독이 한 소리 하더군요. "너, 다시 영화판에서 일할 수 있나 두고 볼 거야!"(여담이지만, 영화판에서 입에 올리지 말아야 할 금기어가 몇 가지 있는데, 이 말도 그중 하나입니다. 대개 이런 말을 한 당사자가 되레 그런 경우를 당하곤 하니까요.)

요점은 영화판에서 가장 중요한 것은 믿음이라는 것입니다. 여기서 믿음이란 시간을 엄수하고 구두를 반질하게 준비해놓는 것만 뜻하는 게 아닙니다. 믿음은 카메라가 돌아가는 압박감 속에서 제대로 해내야 한다는 것도 의미합니다. 높은 수준의 기민함이 요구되는 모든 돌발 상황에 맞서 의연하게 대처하는 것 말입니다. 제 경우에는 경찰 헬멧이 정신을 쏙 빼놓았지만 말이지요.

---

continuity person 우리나라에서는 현장의 모든 것을 기록하는 사람을 흔히 '스크립터'라고 부른다. 일정에 따른 촬영 장소, 날씨, 배우의 스케줄은 물론이고, 테이크마다 배우의 대사, 카메라의 움직임, 조명의 밝기, 테이크의 길이 등을 모두 기록한다. 촬영 기록을 남기기 위한 것이기도 하지만, 컷과 컷의 연결을 완벽하게 하고, 혹시나 재촬영을 해야 할 경우 똑같은 환경을 만들기 위한 것이다.

The Day the Earth Caught Fire 1961. 마이클 케인은 〈지구가 불타는 날〉에서 교통정리를 하는 경찰관 역으로 잠시 등장한다. 이로부터 3년 뒤에 찍은 영화 〈줄루〉로 스타로 발돋움하게 된다.

연기의 첫걸음은 긴장 극복

기민함은 필수이지만 이완된 상태도 중요합니다. 영화 연기는 이완된 상태를 요구합니다. 자신을 지나치게 혹사시키고 있다면 뭔가 잘못하고 있는 것입니다. 따라서 영화배우로서 처음 배워야 하는 것 중 하나가 긴장을 극복하는 것입니다. 촬영 준비는 이런 긴장감을 조절하기 위한 단계입니다.

우선적으로 해야 할 일은 두려움을 줄이는 것입니다. 촬영을 위한 모든 준비의 핵심은 두려움에 빠지지 않도록 안전망을 구축해놓는 것입니다. 어떤 배우라도 그게 필요하지요. 영화 연기의 경우 촬영장에 가기 전까지는 감독의 의도를 알 수 없을 때가 대부분입니다. 이런 상황에서는 제아무리 명배우라 해도 두려움을 느끼게 됩니다. 촬영장에는 거장 감독과 대스타도 있을 것입니다. 이들은 물론이고 다른 사람들 모두가 높은 출연료를 지급하고 데려온 당신이 대단한 연기를 보여주리라는 기대감을 갖고 당신을 기다리고 있을 것입니다.

제작진이 "조용!"이라고 외치면 당신은 평생 경험해본 가운데 가장 조용한 순간을 맞게 됩니다. 귓구멍에서 혈류가 도는 소리까지 들을 수 있을 정도니까요. 그다음 감독이 "액션!"이라고 외칩니다. 경험해보지 못한 사람이라면 순간적으로 온 신경이 자동으로 경직되어버릴 것입니다.

사회적 상황 역시 별 도움을 주지 못합니다. 특히 영화 촬영이 한창 진행되는 중에 당신이 새로 투입되는 상황이라면 말이죠. 다른 사람들은 "어이, 찰리. 요즘 어때? 커피 한 잔 갖다 줄래?"라며 서로 말을 나눕니다. 그런데 당신은 현장에 아는 사람이 없으니 우두커니 서 있을 수밖에 없겠죠.

곧이어 함께 촬영할 대스타가 옵니다. 대개 목을 빳빳이 세운 거만한 태도로 작은 배역을 맡은 당신 같은 배우에게는 말도 건네지 않을 것입니다. 이제 당신은 완전히 넋이 나간 채로 멍하니 서 있게 됩니다. 앞으로 중요한 장면을 찍게 되는데, 당신에게 주어진 유일한 대사가 그 장면의 마지막을 장식한다면 이거야말로 가장 겁날 일일 것입니다.

대사가 한 줄밖에 없는 단역 배우들의 마음을 충분히 이해합니다. 저도 겪어봤기 때문입니다. 군인들이 언덕을 넘어오고, 해안에 폭탄이 떨어지고, 이 와중에 당신은 주어진 대사를 합니다.

"어서 빨리! 독일군들이 뭉개진다crumming!"*

(한 줄짜리 대사!)

"이 친구, 누가 데려왔어?"

캐스팅 감독이 허겁지겁 달려와서 하는 말.

"무슨 일인데요?"

---

cruming 원래 "커밍coming"이라고 대사를 해야 하는데, 잘못 발음해서 "크러밍crumming"이라고 했다. 그 바람에 일어난 해프닝을 설명하고 있다.

"이 친구, 고작 한 줄짜리 대사도 제대로 못하잖아!"

(당신은 못난 자신을 책망하며 그 자리에서 꼼짝 못하고 있습니다)

"군인 엑스트라들 모두 다시 언덕 위로 올라가라고 해!"

(내 뭉개진 대사crumming line 때문에!)

"폭파 장치를 도로 설치하려면 두 시간은 걸릴 텐데……."

재촬영시에도 대스타께서는 긴 대사를 완벽하게 구사하셨는데, 당신은 또 이렇게 말하고 맙니다.

"어서 빨리! 독일군들이 뭉개진다crumming!"

그러면 당신은 도리 없이 애걸복걸하게 됩니다.

"죄송한데요, 후시녹음으로 수정하면 어떨까요? 그래도 괜찮지 않을까요?"

그러나 감독은 단호하게 말합니다.

"절대 안 돼! 죄다 다시 찍어!"

02

준비하기

"당신은 자기 연기의 최초이자 최고의 관객입니다.

그러니 만만한 관객이 되어서는 안 됩니다.

늘 더 많은 것을 요구하십시오."

■■■■ 두려움을 극복하려면 어떻게 해야 할까요? 준비하십시오. 무엇보다 철저한 대비만이 행여나 당신을 사로잡아 일을 망치게 만들 수 있는 불안의 에너지를 해소시켜줄 것입니다. 그 에너지를 당신이 통제할 수 있는 영역으로 집중시켜 활용하십시오.

준비의 첫 단계는 대사가 자동반사적으로 튀어나올 때까지 암기하는 것입니다. 그렇다고 입속으로만 대사를 외우지 마십시오. 온전히 자기 것이 될 때까지 큰 소리로 말해야 합니다. 그 소리에 귀 기울이십시오. 당신의 궁극적인 목표는 자기 목소리에 깜짝 놀라거나, 스스로 완벽한 확신이 들 정도가 되는 것입니다. 스스로 확신을 갖지 못한다면 상대 배우나 감독에게도 확신을 심어줄 수 없겠죠. 당신은 자기 연기의 첫 관객이자 최고의 관객입니다. 그러니 만만한 관객이 되어서는 안 됩니다. 늘 더 많은 것을 요구하십시오.

저는 대본 연습을 혼자 합니다. 절대 다른 사람에게 대사를 읽게 하지 않습니다. 그렇지만 대화하는 방식으로써, 다른 사람의 말에 대한 논리적인 응답으로써, 주어진 상황 속에서 논리적인 반응으로써 대본을 연습합니다. 그리고 대본을 숙지할 때 종이로 한 줄 한 줄 가리면서 외우지 않습니다. 그러다보면 자칫 단순한 몸짓이나 일방적인 연설이 되기 십상이기 때문입니다. 주어진 상황에서 왜 그런 대사를 하는지 당위성을 파악하지 못하면 정확하고 설득력 있게 대사를 할 수 없습니다. 그리고 당신의 생각을 당신이 말하고 있는 대사와 연결 짓지 못한다면, 현장

아일랜드 The Island
마이클 리치 감독, 유니버설 픽처스, 1980. (제프리 프랭크와 함께)

에서 실제로 벌어지는 것 같은 생생함을 대사에 담아낼 수 없게 됩니다. 그러니 자기가 맡은 대사뿐만 아니라 전체 대화 내용에 익숙해져 있어야만 합니다. 자기 대사가 없을 때 머릿속으로 무엇을 생각하고 있어야 하는지 아는 것이 당신이 배우로서 가져야 할 가장 중요한 과제 중 하나입니다.

대사를 암기할 때는 주어진 대사의 의미를 가장 잘 표현하고 있다는 믿음이 생기는 순간까지 큰 소리로 연습하십시오. 만약 다른 여러 표현 가능성들을 찾게 된다면 그것 역시 발전시켜 두십시오. 단, 그런 것들은 일단 주머니 속에 모셔두십시오. 만일 감독이 당신 나름의 뛰어난 해석을 퇴짜 놓는다고 하더라도 그러한 공포의 순간을 최소한 백지 상태에서 맞닥뜨리지는 않게 될 것입니다. 다른 해석의 가능성을 염두에 두고 미리 준비한 것을 보여줄 수도 있을 테니까요.

여기서 가장 중요한 점은 당신이 연기할 때 순간적으로 대응할 만한 능력을 갖추고 있음을 인정받는 것입니다. 일단 가능한 대사 표현은 한 가지밖에 없다고 생각하고 열심히 연습하십시오. 하지만 마음속으로는 필요한 때가 되면 그보다 더 도약할 수 있다는 여유를 갖고 있어야 합니다. 촬영 순간에는 자기 나름대로 가장 알맞다고 여기는 방식으로 연기하십시오. 그렇게 몇 차례 시도하다가 연기에 대한 나름의 사고 방법이 올바르게 자리 잡히게 되면 대사는 저절로 입에 붙게 될 것입니다.

실제로 중요한 것은 반복입니다. 즉, 지겨워질 때까지 거듭 되풀이해 소리 내어 대사를 연습하는 것입니다. 누구라도 큐 사인을 던지면, 다른 사람이 관련된 사건까지 포함한 전체 극 진행 과정 속에서 저절로 말하고, 느끼고, 반응하게 될 때까지 말입니다. 이 같은 자신감은 공포를 물리치는 안전장치입니다. 그게 없다면 클로즈업 숏을 찍는 긴장되는 순간에 누가 "조용! 자리 바꿔! 빨리! 액션!"이라고 소리치면 당신은 우두커니 서서 "백수가 될 것이냐, 백치가 될 것이냐. 그것이 문제로다To bum or not to bim, that is the question"라는 대사나 중얼거리게 될 것입니다.

촬영 시작 전에 영화 전체의 대사를 미리 외워두십시오. 그리고 촬영 중간에 틈이 날 때마다 연습하십시오. 제가 〈키드냅 Kidnapped〉(1971)을 찍을 때 혼쭐이 난 적이 있습니다. 스코틀랜드 서쪽 해안에 있는 멀 섬Isle of Mull에서 촬영 중이었습니다. 촬영하기에 딱 좋은 날씨라 예상보다 일정이 당겨졌습니다. 모든 게 너무 순조롭게 잘 진행되자 델버트 만* 감독이 점심 식사 때 제게 오더니 이러는 겁니다.

"날씨가 너무 좋은데요. 이따 오후에 당신이 나오는 마지막 장면을 미리 찍읍시다."

이 영화의 마지막 장면은 스코틀랜드와 이곳이 저에게 어

Delbert Mann 1920~2007. 미국 캔자스 주 태생. 예일 드라마스쿨 출신 무대 연출가로 시작한 만은 60년대에서 80년대에는 주로 텔레비전 영화를 감독했다. 〈마티Marty〉로 1955년 아카데미 감독상과 칸영화제 황금종려상을 수상했다.

떤 의미를 갖는지에 대한 두 쪽 분량의 독백이었습니다. 그런데 저는 아직 대사가 준비된 상황이 아니었던 것이죠. 저는 감독을 쳐다보면서 말했습니다.

"그건 오늘 촬영 스케줄에 없었는데요."

만 감독은 "이보다 더 좋은 날씨가 또 언제 오겠어요?"라는 겁니다. 저는 도리 없이 "한 시간만 주세요"라고 했습니다. 결국 어찌어찌 그 장면을 찍었습니다. 그것도 끊지 않고 한 테이크에 말이죠. 하지만 제가 촬영 전에 대사 전부를 충분히 숙지하고 있었더라면 촬영 중에 그렇게 진땀을 빼지는 않았을 겁니다.

시간을 죽이지 마라

영화를 찍는 동안 배우들은 많은 시간을 허비합니다. 잠을 자다가 졸린 눈으로 카메라 앞에 설 수도 있고, 다른 사람들과 어울리느라고 진을 뺄 수도 있습니다. 저도 상대방에게 폐가 되지 않는 선에서 사람들과 어울리지만, 일부러 분장실에서 많은 시간을 보내려고 애씁니다. 거기서 대기하는 시간은 주로 대사를 연습하는 데 씁니다. 할 일 없는 시간을 꼭 헛되이 보낼 필요는 없겠지요. 아무리 짬이 나도 헛되이 보낸다면 죽은 시간이나 다름없습니다.

많은 배우들이 개인 트레일러나 분장실에서 다른 일을 보기도 합니다. 실베스터 스탤론Sylvester Stallone과 함께 촬영한 적이 있는데, 촬영 중간에 짬이 나면 곧장 트레일러로 달려가기에 꿀

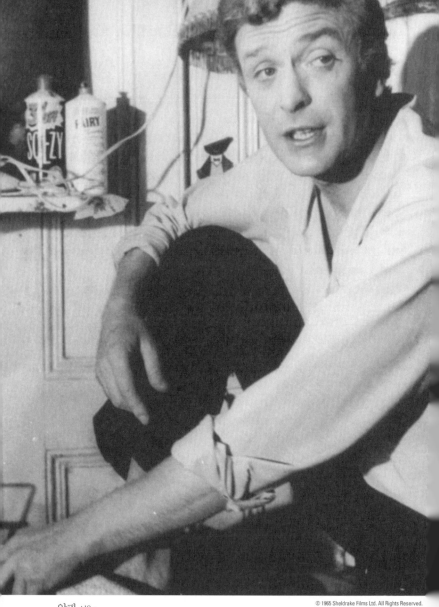

알피 Alfie
루이스 길버트 감독, 패러마운트 픽처스, 1966.

단지라도 감춰놨냐고 물어봤습니다. 혹시 아가씨라도 숨겨놓은 게 아닌가 싶었죠. 스탤론은 "〈록키 3Rocky Ⅲ〉(1982) 시나리오를 쓰는 중입니다"라고 하더군요.

어떤 배우는 자기 트레일러에서 뉴욕 증시에 열을 올리곤 했습니다. 지금 영화배우는 안 하는데, 텔레비전에 출연하더군요. 증권과 투자에 관한 프로그램 진행자가 되어서 말입니다. 저는 제가 지금 하고 있는 일에 열중하는 것이 더 수지 타산에 맞는다고 믿는 사람입니다. 영화배우로서 제가 맡은 역할을 제대로 해낸다면 다른 일을 하는 것보다 더 돈을 벌 수 있기 때문이죠. 배우가 다른 일을 고민한다면, 그 사람은 애당초 다른 직업을 택해야 할 사람일 것입니다.

제가 트레일러에서 무슨 일을 하는지 말씀드리겠습니다. 한마디로 연예 사업입니다. 트레일러 안에 들어오면 제가 어떤 장면을 반복해서 연습하고 있을 것입니다. 중얼거리고, 중얼거리고, 또 중얼거리는 모습을 보면 저 인간 성격이 원래 저런가 싶기도 할 겁니다. 촬영이 곧 시작되는데 "어쩌지? 아직도 대사가 입에 붙지 않고 씹히는데"라는 생각에 사로잡혀 있다면 결코 좋은 상황은 아닐 것입니다.

카메라 앞에 서는 순간에는 대사에 대한 생각에서 완전히 벗어날 수 있어야 합니다. 그런 상태에서 상대 배우에게 대사를 하십시오. 상대 배우도 당신의 대사와 연기를 지금 막 듣고 본 것인 양, 그게 마치 처음 겪는 일인 양 반응하면서 당신의 대사

키드냅 Kidnapped
델버트 만 감독, AIP, 1971.

를 새롭게 만들 것입니다. 그렇지 않고 계속 대사에 대한 생각에 붙들려 있게 되면 다음 대사를 받을 때 상대 배우의 대사는 귀에 들리지 않고, 연기는 부자연스럽고 어색해 보일 것입니다.

상대역의 대사에 집중하라

모순되는 말처럼 들리겠지만, 집에서 대사 연습을 충분히 하면 촬영장에서 자연스럽게 연기하기가 훨씬 수월합니다. 연습하는 동안 미리 짠 것이 아니라 처음 접하는 상황이라는 듯이 반응할 수 있도록 하는 나름의 방법을 찾도록 하십시오. 실제 생활에서는 다른 사람이 말하는 중간에 다음에 할 말이 미리 떠오르는 경우가 종종 있습니다. 생각이 떠오른다고 해서 자동적으로 입 밖으로 말을 내뱉지는 않습니다. 어떤 상황에서든 생각이 떠오른다고 해서 말을 중간에 가로채지도 않습니다. 그랬다가는 주변에 친구들이 남아나지 않겠죠.

　　　영화 대본도 비슷합니다. 당신이 다음에 할 대사를 말할 시간이 한참 남아 있어도 머릿속은 이미 다음 대사에 가 있을 겁니다. 대본에 따라서는 간혹 상대의 대사를 중간에 가로챌 것을 요구하기도 합니다만, 그렇지 않다면 자기 차례를 기다려 반응을 보여야 할 때 사고를 시작해야 합니다. 상대역의 대사 가운데 그런 생각을 시작하게 만드는 키워드가 있기 마련입니다. 그런 단어를 미리 골라놓으십시오. 그 말에 맞춰서 본인의 반응을 생각하고, 자기 대사를 말할 수 있게 대비하면 됩니다. 예를 들어봅시다.

    상대역 클래펌으로 가는 버스를 타야 해. 데이트 약속 시간에 벌써 늦었거든.
    당신 갈 수나 있겠어? 버스가 파업 중인데.

    상대 배우는 '버스'라는 단어를 말한 뒤에도 자기 말을 이어갑니다. 그러니 버스에 대한 당신의 생각을 자각하는 순간 즉시 끼어들 수 없습니다. 하지만 '버스'라는 키워드를 듣는 순간부터 이미 상대 배우의 말이 끝나면 무슨 말을 할 것인지 미리 생각해두는 상태로 준비하는 것입니다. 이런 반응은 겉으로 드러나기 마련입니다. 이처럼 좋은 연기는 상대방의 말에 진지하게 귀 기울이는 데서 시작됩니다.

    뻔하게 느껴지는 대답도 키워드에 대해 머릿속으로 어떤 생각으로 반응할 것인지 미리 계획하면 새로운 느낌을 줍니다.

    상대역 차 한 잔 하실래요?
    당신 네. 감사합니다.

    여기서는 '차'가 중심 단어입니다. '차'라는 말은 단순하지만 수많은 반응이 가능합니다. 당신이 실제로는 커피를 더 좋아한다고 칩시다. 그렇다면 상대 배우가 '차'라는 단어를 말하는 순간, 당신 눈빛이 달라질 것입니다. 왜냐, 실제로는 커피를 좋아하기 때문이죠. 대사는 정중하지만 탐탁지 않은 분위기를 풍길 것이고, 당신이 실제로는 차를 마시고 싶어 하지 않는다는 것을 느끼게 해줍니다. 카메라는 그런 미묘한 느낌까지 잡아내면서 뻔해 보이던 장면에 생기를 불어넣습니다. 하지만 다양한 반응의 가능성을 열어주는, 얼핏 사소하게 보이는 작은 기회를 놓치는 배우들이 많습니다. '차'는 상대가 당신에게 술을 권할 수 없을 정도로 가난하거나 당신이 술을 마셔서는 안 되는 알코올의존증 환자로 판단하고 있다는 것을 암시할 수도 있는 것입니다.

대본을 받으면 그런 가능성들을 찾아보십시오. 키워드를 뽑아보면 어떤 장면을 종이 위의 사건에서 진짜 현실로 도약시켜줄 무수한 가능성들을 발견하게 될 테니까요. 그렇다고 키워드에 병적으로 매달리다가 불필요하게 상황을 복잡하게 만들지는 마십시오. 죄다 키워드인 양 매달리다보면 편집증 환자처럼 보일 수 있습니다. 하지만 합리적인 범위 내에서 시도해보면 자기 연기가 훨씬 더 흥미롭게 느껴질 것입니다. 스크린에서도 훨씬 호소력 있게 보일 테고요.

같은 동작을 똑같이 반복

촬영 전에 리허설은 할 수도 있고, 안 할 수도 있습니다. 전적으로 감독 마음입니다. 그러니 촬영장에 도착하기 전에 자기가 맡은 인물을 충실하게 구축할 수 있도록 최선을 다해야 합니다.

감독은 늘 당신이 맡은 배역의 캐릭터를 이미 완벽하게 터득하고 있을 것으로 기대하기 마련입니다. 당신이 미리 세트가 어떤지 확인했건 말건, 다른 배우들과 사전 미팅을 가졌건 말건 말입니다. 맡은 배역의 신체적 습관이 있으면 미리 연습을 하되, 심플한 동작으로 미리 몸에 배도록 하십시오. 일단 촬영에 들어가면 다양한 숏을 찍기 위해 이런 습관적 행동이나 동작들을 여러 차례 반복하게 되니까 말입니다.

콘티에 대한 세세한 문제들은 나중에 다루게 되겠지만, 기본적으로 한 시퀀스를 촬영할 때 적어도 세 번은 되풀이해서 찍는다는 점은 알아두십시오. 한 번은 롱 숏*으로, 다음은 미디엄 숏으로, 그리고 클로즈업으로 한 번 더 말입니다. 롱 숏은 원거리에서 광각으로 찍는 것을 말합니다. 이를 통해 어떤 장면의 구성요소를 전체적으로 보여주게 됩니다.

배우 셋이 사무실 카펫 바닥에서 골프 스트로크를 연습하고 있다고 합시다. 롱 숏에서는 배우 전부에 카펫까지 카메라에 담게 됩니다. 이런 롱 숏은 장면 전체를 보여준다고 해서 흔히 '마스터 숏master shot'이라고도 합니다. 이는 다른 숏을 찍을 때 카메라를 어디에 위치시키는 것이 좋은지 판단할 수 있게 해주고,

---

long shot 촬영 대상인 장소, 물체, 인물을 전체적으로 담을 수 있도록 거리를 두고 광각으로 촬영하는 기법. 부분적인 장면을 촬영할 때 참고할 만한 기본적인 장면을 제공하기도 한다.

해당 장면을 편집하는 데 있어 다른 숏들을 끼워 넣을 때 참조하게 됩니다. 미디엄 숏은 선택한 화면 요소를 보다 가깝게 찍는 것을 말합니다. 클로즈업은 한 가지 요소만 아주 가깝게 찍는 것입니다. 당신이 골프 연습을 하는 배우 중 하나라면 클로즈업은 카펫 위에 있는 당신 발이나 얼굴만 찍는 경우를 말하는 것이지요.

맡은 배역의 습관적인 동작이나 행동을 집에서 연습할 때는 단순하면서도 몸에 배도록 해야 합니다. 나중에 촬영장에서 각 숏에 맞춰서 정확하게 반복할 수 있도록 말입니다. 마스터 숏에서 골프채를 휘두르는 장면을 찍었다면, 다른 숏에서도 정확히 동일하게 골프채를 휘둘러야 하는 것입니다. 그대로 반복할 수 없는 동작으로 촬영을 시작했다가는 나중에 그 장면을 새로 찍어야 하기 십상입니다. 마스터 숏에서 골프채를 왼손에 들고 특정한 대사를 했는데—예컨대 몇 시간이 지나 촬영하는 바람에—미디엄 숏에서 골프채를 오른손에 들었다고 해봅시다. 편집자는 이 장면을 쓰지 못하고 잘라낼 수밖에 없습니다. 골프채가 저절로 다른 손으로 날아간 것처럼 보일 테니까요.

대사를 외웠으면 세트의 배치를 파악하고 촬영 환경에 익숙해지도록 할 차례입니다. 저는 각 장면을 훑으면서 제 동작을 여러 차례 되풀이해서 연습합니다. 진짜 촬영에 들어갔다고 상상하며 정확하게 동작을 해보는 것입니다. 제가 어디에 있건, 집이건 호텔방이건 가리지 않고 가구를 재배치하고 테이블과 의자를 옮겨서 연습할 장면의 실제 모형을 만듭니다. 컵이나 컵받침까지 필요한 것은 다 갖춰놓고 제 움직임에 따른 대사 시간을 잽니다.

　　물론 당신이 촬영하게 될 세트의 배치가 어떤지, 사용하게 될 소도구가 무엇인지 정확히 모를 수도 있습니다. 하지만 사전에 이러저러한 판단을 해두는 것이 안전장치가 되어줄 것입니다. 어떤 장면의 움직임에 대해 대략적인 생각만 하고 있다가 구체적인 동작으로 보여주는 것보다는 미리 잘 계획된 일련의 동작을 그것과는 다른 정밀한 움직임으로 바꾸는 것이 훨씬 더 쉽기 때문입니다. 가구나 소도구들이 예상했던 것과 상당 부분 맞아떨어지면 놀랍기도 할 테고요.

　　동작을 크게 힘들이지 않고 정확하게 반복하려면 맡은 배역의 습관적 동작이나 움직임을 정확하게, 그리고 단순하게 설계하십시오. 지나침은 금물입니다. 영감을 받은 즉흥성이 요구되는 분야가 아니니까요. 골프채를 다룰 때처럼 심플하게 하십시오. 어떤 동작을 시작하려고 한다면, 일단 계획부터 짜십시오. 자신이 해야 할 신체적인 움직임을 잘 기억할 수 있는 방식으로 짜놓는 것입니다. 그리고 몸에 완전히 배도록 연습하십시오. 한 동작을 완전히 동일하게 여러 차례 반복할 수 있어야 하기 때문입니다.

　　그렇지 못하면 마스터 숏, 미디엄 숏, 클로즈업이 서로 아귀가 맞지 않게 됩니다. 그런 장면들은 다시 촬영해야만 할 것이고, 이렇게 되면 결국 당신이 영화 제작 시간과 비용만 늘려버린 꼴이 됩니다. 그러면 제작진은 다음 영화의 캐스팅에서 이 점을 기억하겠죠.

03

촬영 현장에서

"시간은 돈입니다.

배우는 어떠한 이유에서건

자신 때문에 촬영을 지연시키는 일이 없어야 합니다."

■■■ 시간은 돈입니다. 배우는 어떠한 이유에서건 자신 때문에 촬영을 지연시키는 일이 없어야 합니다. 스튜디오나 로케이션 현장에 도착하면 가능한 빨리 어디가 어디인지 파악해둬야 합니다. 자기 대기실은 어디에 있는지, 메이크업과 머리 손질은 어디서 받는지, 촬영 무대나 장소는 어디인지 등등 말입니다.

어느 촬영장으로 나오라는 연락은 아마 조감독으로부터 받을 것입니다. 그렇다면 현장에 도착해서 먼저 조감독을 찾아가 인사하십시오. 모든 관계자들을 제시간에 촬영장에 집합시키는 책임을 맡고 있는 조감독이 당신을 찾아서 지구 끝까지 헤매지 않도록 말입니다. 그다음에는 언제든 부르면 달려갈 수 있도록 대기 상태를 유지하십시오. 부르기도 전에 제작진 앞에서 얼쩡거리는 것은 권하고 싶지 않습니다. 영화 촬영장에서는 모두가 각자 할 일이 있습니다. 당신이 아무리 할 일이 없다 해도 다른 사람들을 방해하는 일은 없도록 해야겠지요.

당신이 첫 번째로 찾을 곳은 메이크업과 머리 손질을 맡은 분장팀입니다. 이곳 사람들은 배우들을 최대한 기분 좋은 상태로 편안하게 돌봐주도록 훈련되어 있습니다. 당신은 물론 자기가 맡은 캐릭터가 어떤 모습으로 보여야 할지에 대해 미리 생각을 해두었을 겁니다. 배역의 비중이 크다면 당신은 감독과 메이크업, 머리 손질을 맡은 스태프와 함께 사전에 논의하게 될 것입니다. 배역이 그 정도로 주목받는 경우가 아니라면 감독이 분장팀에게 자기가 원하는 바를 미리 지시해두었을 테고요. 분장

발자국 Sleuth
조지프 L. 맹키위츠 감독, 20세기폭스 필름, 1972.

팀은 전문가들이니 당신이 특정 화장품 회사와 엮인 게 없다면 이들 손에 맡기는 것이 상책입니다. 더구나 세상만사 소식이 흘러나오는 중심지가 분장실인 경우가 많습니다. 당신의 행동거지에 대한 뒷말이 금세 우주로 퍼지게 되는 것이죠.

눈 밑 주름이나 턱에 난 뾰루지 때문에 자꾸 신경이 쓰인다면 딱 집어서 그렇다고 말하십시오. 저처럼 머리카락 색이 엷은 데다 속눈썹까지 금발이라면 마스카라를 칠해달라고 요구하십시오(영화판에서 금발 속눈썹으로 배우를 하느니 차라리 라디오 드라마 성우가 나을 수도 있을 겁니다). 배우가 영화를 통해 파는 것은 결국 눈입니다. 그러나 메이크업으로 그 문제는 어느 정도 해결될 것입니다.

메이크업 담당자와 미용사가 작업을 마무리했다면, 그 상태를 유지하는 것은 여러분의 몫입니다. 많은 시간과 비용을 들인 수작업을 망치고 싶은 사람은 없겠죠. 분장을 끝내자마자 기름기가 줄줄 흐르는 햄버거를 먹거나 비를 맞으면 안 됩니다. 누군가가 우산을 갖고 나타날 테니 꼼짝 말고 기다리십시오.

아울러 장면 촬영 중간에 우연히 혹은 부주의로 자기 분장이나 의상에 달라진 부분이 생겼다면 아무리 사소한 것이라도 세밀하게 살펴야 합니다. 헤어스타일이 달라졌거나, 매니큐어가 벗겨지는 등 말이죠. 분장 상태를 며칠이고 똑같이 유지하기 위해서 폴라로이드 카메라가 동원되기도 할 것입니다. 보통은 분장팀과 감독이 배우들 메이크업에 조금이라도 달라진 부분이 없느지 주의하기 마련입니다. 하지만 누구도 완벽할 수는 없는 일입니다. 만약 당신이 입을 다물고 있는 바람에 어떤 장면을 재촬영해야 한다면 당신의 과묵함을 고마워할 사람은 없겠지요.

제가 처음으로 주역을 맡은 영화 〈줄루〉 중에 불타는 건물에서 뛰어내리는 장면이 있었습니다. 줄루 족 무리가 저를 향해 달려오고요. 정말 많은 인원이 동원된 장면이었습니다. 마침내 그 장면 촬영을 다 끝내고 긴장을 풀고 있었습니다. 그때 스크립터가 갑자기 이러는 겁니다. "잠깐만요. 마이클의 셔츠 단추가 앞 장면에서는 끝까지 채워져 있었는데, 이번 장면에서는 두 개가 풀려 있네요." 제가 그런 게 맞습니다. 아마 촬영 중간에 더워서 그랬나 봅니다. 도리 없이 전체 장면을 다시 찍을 수밖에요.

의상의 경우 디자이너가 배우 몸에 맞춰 미리 가봉한 의상이 당신이 촬영장에 도착했을 때 이미 분장실이나 개인 트레일러에 걸려 있을 것입니다. 의상 담당자는 준비된 의상이 문제가 없는지, 몸에 잘 맞는지 확인하기 위해 당신에게 입혀보고 체크할 것입니다. 하지만 메이크업과 머리 손질을 마치고 나면 카메라 앞에 설 때까지 의상이 잘못되지 않도록 신경 쓰는 것은 배우의 몫입니다.

여기서는 상식적인 판단이 필요합니다. 만약 당신이 완벽주의자라면 의상을 입은 채로 몇 시간을 기다리다가 당신 차례가 왔을 때 이미 구겨져버린 의상을 입고 카메라 앞에 선다는 것은 말도 안 될 소리일 것입니다. 하지만 의상이 평상복 중 하나

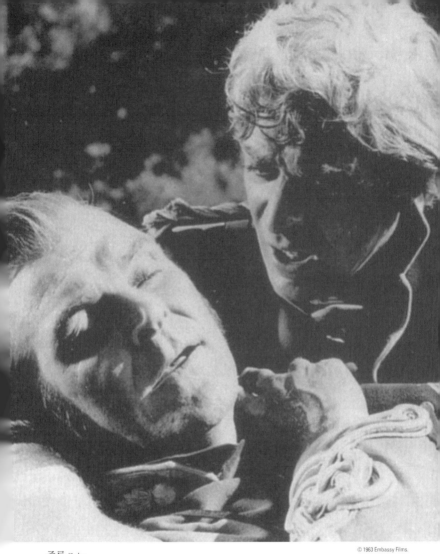

줄루 Zulu
사이 엔드필드 감독, 엠버시 필름, 1963. (스탠리 베이커와 함께)

라면 촬영이 시작되기 전에 미리 입어서 몸에 길들이는 것도 좋은 생각일 테고요. 시대극 의상인 경우에도 잠깐이라도 미리 입어보고 늘어진 옷자락이나 망토에 적응하는 것이 낫겠다 싶기도 할 것입니다. 이런 판단은 배우 각자에게 달려 있습니다. 다만 촬영 호출을 받았을 때 제대로 준비된 상태여야 한다는 원칙만 지키면 됩니다. 물론 조감독이 충분히 넉넉한 시간 여유를 두고 미리 통보해줄 것입니다.

저는 촬영 시에는 언제나 완벽히 준비된 상태로 대기할 수 있도록 신경을 씁니다. 하지만 미리 넥타이를 매거나 신발을 신고 있는 것에 대한 심리적 징크스가 있습니다. 의상을 다 갖춰 입고 촬영하러 나가는데 그제서야 신발이 발에 맞지 않다는 것을 알게 된 적도 있었습니다. 그러면 담당자가 급히 다른 사이즈의 신발을 구하는 동안 공포의 도가니에 빠지게 되죠. 제 촬영분이 줄줄이 이어질 때는 넥타이도 풀지 않고 구두도 그대로 신은 채로 기다립니다. 하지만 대기 중에는 편하게 있는 것이 도움이 되기 때문에 가급적이면 넥타이를 풀고 구두를 벗고 있습니다.

촬영에 들어갈 때도 저는 발이 카메라에 잡히는지 늘 확인합니다. 감독이 보통 "아니오, 발은 나오지 않습니다"라고 말해줍니다. 그런데 막상 카메라가 뒤로 빠질 때 보면 제 더러운 운동화가 잡히기도 합니다. 제가 정장을 제대로 빼입은 사업가 연기를 한다면 그 역할에 걸맞은 구두를 갖출 때까지 촬영은 즉각 중단될 수밖에 없겠지요. 그러니 저의 이런 습관은 따라하지 마시기 바랍니다.

세트와 소품은 미리 꼼꼼히 익혀라

촬영장에는 탐정 같은 호기심을 가져야 할 일이 있기 마련입니다. 자기가 맡은 배역을 자신 있게 장악하는 데 크게 도움이 되도록 말이죠. 사실 아무것도 안 하고 있다가 세트장에 들어서면 정말 바보처럼 보일 수도 있습니다.

세트장이 당신이 맡은 배역의 집이나 사무실인 경우라고 가정해봅시다. 그러면 여러 기술 스태프들로 북적이기 전에 먼저 세트장에 가서 소품은 어디 있는지, 가구는 어떻게 배치되어 있는지, 어떻게 쓰이게 될지 확인해보는 것이 좋을 것입니다. 저도 늘 촬영 전에 미리 세트장에 가서 촬영 때 헤매지 않기 위해 담뱃갑이나 전화기에 손을 뻗어 위치를 익혀둡니다. 이런 동작은 정말 자기 집이나 사무실에서 행동하는 것처럼 본능적일 정도로 자연스러워야 합니다.

각각의 문들이 어느 쪽으로 열리는지도 알아두어야 합니다. 당신이 맡은 배역이 그 문을 1,500번쯤 들락거렸던 것으로 가정하고 있기 때문입니다. 안쪽으로만 열리는 문을 밖으로 밀어서 나가려고 하거나, 아주 잠깐이라도 문 앞에서 머뭇거린다고 해봅시다. 그러면 거기가 정말 당신의 집이 아니라는 사실을 관객들에게 광고하는 꼴이 됩니다. 당신의 집이기 때문에 뭐든 아주 익숙하게 쓸 줄 알아야 합니다. 그러려면 세트장에 있는 모든 물건들이 어떻게 작동하는지 미리 꿰고 있어야 하는 것입니다.

특히 세트 출입문은 말썽을 부리기 십상이므로 미리 체크하십시오. 노크를 하고 안으로 들어가는 경우, 칠한 지 얼마 되지 않아 완전히 마르지 않았다면 페인트가 들러붙어 문이 잘 열리지 않을 수도 있습니다. 리허설을 할 때 당신이 사용하거나 만질 모든 것들을 다 직접 해보면 됩니다. 만약 리허설을 하지 않더라도 스스로 알아서 익혀두어야 합니다. 문이 들러붙어 있다고 조감독에게 정중하게 말하면 스태프를 불러다 문제를 해결해놓을 것입니다. 물론 막상 촬영이 시작되어 문제의 문을 노크했는데, 문고리를 잡기도 전에 저절로 열릴 때도 있습니다. 흔히 벌어지는 일 중 하나죠. 그렇더라도 적어도 당신은 최선을 다한 것이니 괜찮습니다.

세트가 어떻게 만들어졌는지에 따라서 격투 장면에서 가끔 황당한 일이 벌어질 때도 있습니다. 리허설 때는 당연히 전력을 다해 주먹을 날리지 않습니다. 카메라가 돌아가면 다른 배우의 머리를 향해 주먹을 힘껏 날리게 됩니다. 이때 상대방 머리를 스친 주먹이 그냥 벽을 뚫고 들어갈 때가 있습니다. 두께가 1미터가 넘고, 수백 년 묵었다고 가정한 성벽이 말이죠.

앞서 본 것과 정반대로 자기 집이나 사무실이 아닌 경우, 예를 들어 어머니의 집이나 애인의 사무실일 때도 있습니다. 이전에 한 번도 와보지 않았다고 가정한 경우입니다. 이럴 때는 뭐

갬빗 Gambit
로널드 님 감독, 유니버설 픽처스, 1966.

든 처음 대하듯 해야 합니다. 해당 장면을 다시 촬영할 경우에는 첫 촬영 때 어디가 어딘지 몰랐던 감각을 되살려내서 재연하도록 노력해야 합니다.

예측은 배우들에게 공공의 적입니다. 카메라는 놓치는 것이 없습니다. 따라서 예측된 연기는 영화에서 풍기는 날것의 감흥을, 특히 자연스러운 즉흥성을 여지없이 무너뜨립니다.

04

촬영 전
카메라 앞에서

"상대 배우가 당신이 기대했던 것과 다른 연기를 보여줬을지라도
그렇지 않은 양 반응하면 됩니다.
배우가 잘못 캐스팅되었다고 느껴지거든
원하는 다른 배우를 마음속에서 불러내십시오."

■■■ 스튜디오든 야외든, 촬영장에서는 당신의 이름을 모두 편하게 부릅니다. 미스터, 미스, 미즈 같은 경칭을 붙여서 불러달라고 했다가는 현장에서 여러분 머리 근처로 망치나 조명이 아슬아슬하게 떨어질 수도 있습니다. 기술 스태프들과 빨리 친해지면 친해질수록 기꺼이 당신을 도와주려고 할 것입니다.

영화 연기 경험이 없다고 무시하는 사람은 없습니다. 콧대 높은 무경험자에 대해 콧방귀를 뀔 뿐이죠. 하지만 자기가 쓸 소품을 직접 옮긴다거나 기술적인 부분을 거드는 식으로 친분을 쌓으려고 하지는 마십시오. 자칫 노조와 법적인 문제가 생길 수 있습니다. 기술 스태프 각자가 단독으로 처리해야 할 일들이 분명하게 규정되어 있기 때문입니다.

그러니 특히 스크린에서 멋있게 보이고 싶으면 당신을 돋보이게 할 수도 있고 망가뜨릴 수도 있는 카메라맨에게 잘 대해주십시오. 물론 이들 대부분은 자기 일을 존중받고 싶어 하기 때문에 남에게 해를 끼칠 일은 하지 않습니다. 따라서 제가 "잘 대해줘라"라고 말한 것은 아침에 만나면 상냥하게 인사를 건네는 것처럼 진정성을 가지고 대하라는 뜻이지, 뇌물을 찔러주거나 홀러덩 벗고 육탄 돌격을 하라는 것이 아닙니다. 멋지고 아름답게 카메라에 찍히고 싶다면 예의를 갖추는 것만으로 충분합니다.

영화에서 리허설을 어떤 형식으로 할지는 전적으로 감독 소관입니다. 하지만 감독은 영화 전반에 걸쳐 신경을 쓰기 때문

발자국 Sleuth
조지프 L. 맹키위츠 감독, 20세기폭스 필름, 1972. (로렌스 올리비에와 함께)

에 리허설 중간에 칭찬이나 인정을 받겠다는 기대는 하지 마십시오. 감독이 당신에게 별 말을 하지 않으면 잘했다는 의미로 받아들여도 됩니다. 연극에서는 배우들과 감독이 극중 캐릭터를 분석하고 이들 상호 간의 관계를 발전시키기 위해 리허설을 이용합니다. 하지만 영화의 경우 촬영이 한창 진행 중인 상황에서는 당신이 맡은 역할을 분석할 시간이 없습니다. 여기서 리허설은 당신이 감독과 다른 배우들에게 자신이 동작을 어떻게 할지, 대사를 어떤 식으로 말할지 보여주기 위한 것입니다. 그러니까 캐스팅이 결정된 뒤에 당신이 얼마나 철저하게 준비했는지를 보여주는 용도일 뿐인 것입니다.

리허설은 일반적으로 해당 장면에 필요한 움직임의 진행 과정을 결정하기 위한 것입니다. 이때 이러저러한 기술적인 고려 사항에 대해서는 겁먹을 필요가 없습니다. 배우의 직관이 여기서는 더 결정적이니까요. 어디로 어떻게 움직이는 것이 당신에게 편하고 배역에 맞을 것인지 마음껏 찾아보십시오. 당신의 움직임에 맞추는 것이 필요하다고 판단되면 성 바오로 성당 꼭대기에라도 카메라가 설치될 테니까요. 물론 감독이 "당신이 어떻게 느끼건 상관 없이 이 지점에서 동작을 끝내세요"라고 한다면, 당연히 감독이 지시한 대로 움직이는 것이 좋을 것입니다.

지나친 연습은 오히려 해가 된다

리허설 때 자신이 배우로서 갖고 있는 모든 역량을 다 보여주려고 하지는 마십시오. 연극에서는 감독이 최종 리허설을 할 때 실제 개막 공연에 버금가는 수준으로 연기해줄 것을 독려할 것입니다. 그러나 영화의 경우 본 촬영에 들어가기 전에 실제처럼 전력을 다하는 것은 바람직하지 않습니다.

영화 연기는 위험이 관건입니다. 연습한 위험은 더 이상 위험이 아니게 됩니다. 리허설 때 모험을 한다면 그 이후로는 더 이상 모험이 아니게 되는 것이죠. 카메라가 돌아가면 그때부터는 리허설 이상의 무언가를 연기해 그 장면을 생동감 있게 만드십시오. 그래야 상대 배우도 자연스럽게 반응하며 연기할 수 있습니다. "액션"이라는 소리가 들리면, 당신은 실제로 놀라움을 안겨줄 궁극적인 위험을 선택해야 합니다. 그 다음 모든 수단을 다해서 당신이 도달하고자 했던 것보다 좀 더 멀리 스스로를 밀어붙여야 합니다.

연극의 경우 다른 배우들이 무대에서 당신에게 어떤 반응을 보이는지 신경 쓰는 것이 자연스러운 일입니다. 현장 공연에서 가장 중요한 점 중의 하나가 즉발적인 주고받음이기 때문입니다. 하지만 영화의 경우 다른 배우들의 연기는 당신의 관심 사항이 전혀 아닙니다. 상대 배우가 당신이 기대했던 것과 다른 연기를 보여줬을지라도 그렇지 않은 양 반응하면 됩니다. 배우가

한나와 그 자매들 Hannah And Her Sisters
우디 앨런 감독, 오리온 픽처스, 1985.

잘못 캐스팅되었다고 느껴지거든 원하는 다른 배우를 마음속에서 불러내십시오. 다른 배우들도 당신을 보며 똑같이 느낄 수 있는 것 아닙니까. 당신의 재능을 분산시키지 말고 연기에 집중하도록 노력하십시오.

이게 얼마나 어려운 일인지는 저도 잘 압니다. 제가 연기할 때 감정이 메말라버리는 유일한 경우가 바로 상대가 연기를 못하는 데 온 신경을 뺏길 때니까요. 하지만 당신은 감독이 어떤 생각을 갖고 있는지 정확히 알지 못하고 또한 현장에서는 감독이 대장입니다. 감독은 최종 편집 시에 당신의 연기가 담긴 숏은 모두 사용하고 다른 배우 부분은 카메라 밖에서 들리는 목소리로만 쓸 수도 있습니다. 두 사람 모두 포함된 숏은 애초부터 감독의 관심 밖이었을 수도 있고요. 감독의 최초 의도에 상관없이 편집 과정에서 마음이 바뀔 수도 있는 일입니다.

따라서 연기하거나 반응을 보일 때는 상대 배우가 당신이 생각하는 이상적인 연기를 보여주는 것처럼 하십시오. 편집이 시작되면 어떤 부분이 사용될지 절대로 미리 알 수 없으니까요. 감독은 영화를 위해서 최고의 숏만을 취할 테니 당신이 항상 최선을 다했다면 최종 편집본에서도 살아남게 될 것입니다.

모두 만족스럽게 어떤 장면이 짜였다면 바닥에 표시를 해두거나 야외인 경우에는 땅에 동선을 표시합니다. 혹은 미리 정해둔 지점에서 동작을 끝마쳐야 한다면 어떤 고정된 물체를 기준으로 삼아 동선을 체크해야 합니다. 그렇지 않으면 카메라 초점에서 벗어나기 때문입니다. 연기자는 자기가 위치할 곳에 제대로 서 있는지 확인하려고 아래를 내려다볼 수 없습니다. 따라서 정확히 그 지점에 도착하도록 미리 동선을 정확하게 잡아둬야 합니다.

이를 위해서는 최종적으로 위치할 지점에서 시작 지점으로 뒷걸음질로 거슬러 이동하면서 주어진 대사를 해보십시오. 시작 지점에 다다라 다시 최종 지점으로 움직이면서 같은 대사를 하면 미리 표시된 지점에서 연기가 끝날 것입니다. 리듬을 탈 때까지 이런 식으로 몇 번 연습해보면 틀리려야 틀릴 수가 없습니다. 동선을 깜박할 리도 없고요. 왜냐하면 대사와 동작이 노래와 춤처럼 머릿속에서 하나가 되어 있을 테니까요.

기술적 리허설은 대역 배우가

장면을 어떻게 짤 것인지 정해지면, 조명기사들이 작업에 들어갑니다. 이때 당신은 빠지고 리허설이 진행되는 동안에 당신의 움직임을 유심히 지켜본 대역이 대신합니다. 조명을 설치하는 데는 보통 한 시간 반에서 두 시간 가량 걸리는데, 그 시간 내내 영화 배우가 서서 기다려줘야 한다고 생각하는 사람은 없으니까요.

제 대역은 저와 똑같이 키가 189센티미터인 금발 남자가 합니다. 키가 같아야 제가 촬영장에 돌아와서 조명 앞에 섰을 때 제 얼굴에 그림자가 생기지 않겠죠. 대역 배우는 가끔 커피를 타

주기도 합니다. 저를 전문으로 하는 대역 배우는 제게 특별한 친구입니다. 하지만 어떤 대역 배우를 보고는 당장 거울 앞으로 달려가 제 모습을 비춰보기도 했습니다. 27년 가까이 영화를 찍었던 제가 처음 영화를 시작했을 때 "이 사람이 당신 대역 배우입니다"라면서 누군가를 소개받았습니다. 제 앞에는 저보다 아주 잘생긴 청년이 서 있더군요. 언젠가 여러분도 어느 날 아침 촬영장에 갔더니 "이 사람이 당신 대역 배우입니다"라고 소개를 받게 되겠지요. 가발을 쓴 대머리 노인네가 서 있을 수도 있겠고요.

미국에 있을 때는 여성이 제 대역을 한 적도 있었습니다. 지금, 특히 미국의 경우는 영화 현장에 여성들이 많습니다. 제작진이 죄다 남성이던 시절은 전부 옛 이야기지요. 페미니스트이기도 한 앨런 알다*와 영화를 찍었을 때는 처음으로 여성 조감독과 일을 해봤습니다. 로스앤젤레스에서 영화를 찍었을 때 테이크를 두 번 간 적이 있었는데, 현장에는 줄리 크리스티Julie Christie 같이 매력적인 여성 조명기사가 있었습니다. 아름다운 여자가 근육으로 다듬어진 팔에 조명 기구를 들고 다니는 모습을 보니 정말 생경하더군요. 물론 그 여성은 일을 훌륭하게 해냈습니다.

촬영에 들어가기 전 제일 마지막 행사는 최종 메이크업과

Alan Alda 1936~ . 미국 뉴욕 태생. 〈매쉬M*A*S*H〉, 〈이알ER〉, 〈웨스트 윙The West Wing〉 등 드라마와 〈에비에이터Aviator〉(2004) 등 영화에서 활약한 배우 겸 감독. 〈매쉬〉에서는 작가로도 활약했다. 자신이 연출한 코미디 영화 〈달콤한 자유Sweet Liberty〉(1986)를 통해 마이클 케인과 인연을 맺었다.

머리 점검입니다. 이때가 되면 조감독들이 동분서주합니다. 사람들이 제멋대로인 경우에는 시간을 많이 잡아먹기 때문입니다. 하지만 이것만은 명심하십시오. 스크린에 나오는 것은 다름 아닌 바로 당신의 얼굴이라는 사실을요. 그러니 당신이 판단하기에 점검이 필요하면 단호하게 요구하십시오. 능력 있는 메이크업 아티스트라면 어떤 경우에도 당신의 메이크업 상태를 예리하게 주시하고 있을 것입니다. 완벽한 분장은 결국 자기들의 명성과 직결되기 때문입니다.

편하게 그러나 긴장을 늦추지 말고

상황이 이 정도 진행되었는데 촬영 준비가 완벽하지 않은 상태라면 수렁에 빠진 듯 신경이 날카로워지겠지요. 하지만 가능한 한 최선을 다해 상황에 대비해서 미지의 불안 요소를 줄여놓았다면 신경이 아주 예민해지더라도 심리적으로는 건강한 상태를 유지할 수 있을 것입니다. 이런 긴장은 연기하는 데 긍정적인 에너지가 될 수 있습니다. 긴장감을 생산적인 에너지로 바꾸는 방법 중 하나는 신경을 이완하고 연기에 집중할 수 있는 나름의 방법을 다양하게 시도해보는 것입니다.

　　저는 롱 테이크 촬영에 들어가기 전에 이렇게 합니다. 먼저 숨을 천천히 깊게 들이쉽니다. 그다음 앞으로 몸을 숙인 채 두 팔을 늘어뜨려 긴장을 풉니다. 그리고 천천히 몸을 펴면서 고르게 숨을 내쉽니다. 이런 동작은 긴장을 풀어줌으로써 집중과 통제를 용이하게 해줍니다.

더욱 집중이 요구되는 장면을 앞둔 경우에는 잠깐 동안 숨을 빠르게 들이쉬고 내쉬며 심호흡을 하십시오. 뇌에 산소가 충분히 공급될 것입니다. 숨을 헐떡이는 모습이 우스꽝스럽게 느껴지기는 하겠지만, 두뇌 회전이 빨라지고 눈빛이 초롱초롱 빛나는 것이 느껴질 것입니다. 육체적, 정신적으로 많은 에너지가 소모되는 장면과 너끈히 맞설 준비가 된 것이죠. 그렇다고 심호흡을 너무 과하게 하지 않도록 주의하십시오. 잘못하면 과호흡으로 기절할 수도 있으니까요.

저는 다른 사람을 위협하는 역할을 많이 했습니다. 〈발자국〉[*]에서 자신이 죽임을 당하게 될 것이라는 생각 때문에 스스로를 처참한 공포로 몰아넣는 역할을 맡았을 때 처음에는 무척 생소했습니다. 촬영 때마다 자연스럽게 생기는 긴장감을 억누르려고 하는 대신, 의도적으로 긴장감에 완전히 사로잡히게 놔뒀습니다. 그 효과는 저도 놀랄 정도였습니다. 횡설수설하는 성격

Sleuth 1972. 앤서니 셰퍼의 희곡을 영화화한 작품으로, 백만장자 탐정소설 작가이자 항상 지적인 유희를 즐기는 와이크 경(로렌스 올리비에)은 아내 마거리트가 별 볼일 없는 소시민 틴들(마이클 케인)과 바람이 난 것을 알게 된다. 마침 본인도 다른 젊은 여자와 결혼하기 위해 이혼을 생각하고 있던 터라 틴들을 불러 모종의 게임을 할 것을 제안한다. 그러다 사건이 복잡하게 얽히고 꼬이면서 새로운 국면을 맞이하게 된다는 이야기다. 이 영화에서의 호연으로 올리비에와 케인 둘 다 아카데미 남우주연상 후보에 오르지만 같은 해 〈대부〉가 아카데미상을 싹쓸이하면서 둘은 다음을 기약해야 했다. 2007년 리메이크되었으며 국내에는 〈발자국〉이라는 제목으로 알려져 있다. 2007년판 〈추적〉에도 마이클 케인이 출연하는데 그는 1972년 로렌스 올리비에가 연기했던 와이크 경으로 분했다.

파탄자가 되는 것은 상대적으로 쉬웠습니다. 로렌스 올리비에 Laurence Olivier는 제가 어떻게 연기를 하고 있는지 즉각 간파하고 거기에 맞춰주었죠. 물론 이는 연기에 대한 두려움이 도리어 도움이 된 경우입니다. 하지만 보통은 저 역시 두려움을 억누르기 위해 온갖 방법을 동원합니다.

영화에서는 당신의 연기나 상대의 연기에 반응을 보일 때의 리얼리티를 언제라도 스스로 만들어내야 합니다. 달리고 나서 숨이 찬 상황이라면 실제로 달려서 숨이 차게 하십시오. 연극에서는 기교로 관객을 속일 수 있을 때가 많습니다. 운동장을 열바퀴 돌아서 숨이 찬 것처럼 연기할 수도 있고, 커피 잔을 떨어뜨리는 것으로 당신이 불안을 느낀다고 관객이 믿도록 할 수도 있습니다. 하지만 영화에서는 기교로 카메라를 속일 수 없습니다. 불안한 모습으로 오래 나오는 장면을 찍을 때, 저는 일부러 긴장을 풀려는 훈련을 하지 않고 커피를 한 잔 마십니다. 그러면 신경이 팽팽하게 당겨집니다. 두 잔을 마시면 손이 떨리기 시작합니다. 대여섯 잔이면 입술까지 씰룩거리게 됩니다.

하지만 긴장이 필요한 장면이든 편안하게 연기해야 하는 장면이든 관계없이, 당신이 지금까지 했던 것들을 뛰어넘는 연기를 보여주겠다는 마음가짐만큼은 절대 놓치지 말아야 합니다. 어느 누구로부터 겁먹을 필요는 없습니다. 모두가 당신 편이니까요. 모두들 당신이 최고가 되기를 바랍니다. 저도 영화 제작을 해봤지만, 만약 당신을 제 영화에 출연시킨다면 저는 당신이 최

포세이돈 어드벤처 2 Beyond the Poseidon Adventure
어윈 앨런 감독, 워너브라더스 픽처스, 1979. (샐리 필드와 함께)

고가 되기를 원할 것입니다. 당신 스스로 원하는 것, 그 이상으로 말이지요.

당신 눈에 빛이 반사되지 않게 하려고 조명기사가 세트 위에 올라가 이리저리 조명 각도를 맞추는 등 여러분 곁에는 70~80명의 스태프들이 당신 얼굴이 가장 멋있게 스크린에 나올 수 있게, 대사를 제대로 할 수 있게 돕는 데 집중하고 있습니다. 이런 생각이 들기도 하겠죠. '내가 이 사람들에게 뭔가 보여주지 않으면 내게 관심을 갖지 않을 거야.' 하지만 기본적으로는 긴장을 풀고 있는 것이 당신에게 필요한 전부입니다.

다른 사람들에게 신경을 끄고 느긋해지십시오. 누가 죽이려 들지 않습니다. 시비 거는 사람도 없습니다. 모든 것은 당신이 제대로 하도록 돕기 위해 존재합니다. 영화 연기는 정말로 어려운 일이니까요. 그리고 모두들 그 점을 알고 있으니까요.

05

촬영 실전

"연기는 경쟁의 대상이 아닙니다.
현장의 모든 것은 좋은 영화를 만들기 위함이지,
그렇지 않으면 다 함께 공멸하게 됩니다."

1. 클로즈업과 콘티

영화하는 사람들은 프로페셔널을 존경합니다. 두 배우 가운데 한 명을 골라야 한다면—다른 조건은 모두 동일할 경우—누가 더 프로페셔널한지가 선택의 기준이 될 것입니다. 배우로서의 자질은 결정적인 요소인데, 변덕스러운 재기보다는 기본적인 재능이 높게 평가받습니다. 이는 영화를 만드는 과정에서 요구되는 여타의 소양을 얼마나 이해하고 있는지를 의미하는 것입니다.

당신은 어떻게 해야 카메라에 도움이 될지 알고 있어야 합니다. 클로즈업에서 카메라 렌즈는 당신의 동작을 확대시킵니다. 그러므로 가까이 바짝 다가와서 찍는 숏에서는 집중력을 잃지 않으면서 동작의 크기를 어떻게 줄여야 할지 알고 있어야 합니다. 영화배우라면 정신적인 면이 아니라 육체적인 면에서 동작을 작게 취하는 법을 숙지해야 하는 것입니다. 이상하게도 클로즈업에서는 다른 숏에서보다 정신적으로 훨씬 강한 집중도가 요구됩니다. 왜냐하면 클로즈업에서는 눈 연기가 거의 전부라고 할 수 있으니까요. 몸의 다른 부분을 써봐야 소용이 없는 거죠.

눈이 연기의 전부를 말해준다

카메라가 당신을 클로즈업해 찍고 있다면, 절대 한쪽 눈에서 다른 쪽 눈으로 초점을 옮기지 마십시오. 이상하게 들리죠? 하지만

겟 카터 Get Carter
마이클 호지스 감독, MGM, 1971.

실제로 우리가 어떤 사물을 볼 때, 어느 한쪽 눈이 시선을 이끕니다. 따라서 클로즈업을 찍을 때는 어느 쪽 눈이건 시선을 리드하는 눈을 바꾸지 않도록 각별히 조심해야 합니다. 아득히 멀리 있는 사물을 볼 때라도 스크린에서는 티가 납니다. 카메라는 어떤 것도 놓치지 않으니까요.

개인적인 경험으로 얻은 요령을 하나 더 가르쳐드리겠습니다. 클로즈업으로 찍힐 경우, 저는 카메라와 멀리 떨어진 쪽 눈으로 카메라 앵글 밖에 있는 배우 중에서 카메라에 가장 가까이 있는 배우의 눈에 시선을 맞춥니다. 그러면 제 얼굴은 카메라 방향으로 좀 더 가까이 향하게 되고, 그 숏에서 얼굴이 최대한 전면에 잡히게 됩니다.

그리고 저는 눈을 깜박이지 않습니다. 눈을 깜박이면 캐릭터가 약해 보입니다. 한번 해보십시오. 같은 대사를 한 번은 눈을 깜박이면서, 다음에는 깜박이지 않으면서요. 제가 처음 이 사실을 발견한 뒤로는 눈을 깜박이지 않는 연습을 아주 과하게 했었습니다. 늘 그런 채로 돌아다니는 바람에 많은 사람들이 적잖이 당황했겠지만 말이죠. 하지만 눈을 깜박이지 않게 되면 스크린에서 강한 인상을 줄 수 있습니다. 기억하십시오. 영화에서는 눈동자의 지름이 2.5미터가 될 수도 있다는 것을 말입니다.

제가 눈에 대해 강조하는 것은 특히 클로즈업에서 모든 것이 눈에 달려 있기 때문입니다. 얼굴을 찌푸리지도 마십시오. 흔히 배우들이 확신을 갖지 못한 채 표정으로 관객들에게 어떤 암시를 주려고 하는 것을 저는 '얼굴을 만든다'라고 합니다. 표정을 의도적으로 구겨서 '여러분은 여기서 이런 감정을 느껴야 합니다'라거나 '여기서 웃으셔야 합니다' 같은 메시지를 보내는 것이죠. 관객은 그런 메시지를 접수하면 짜증을 냅니다. 누가 이렇게 반응하라고 옆구리를 쿡쿡 찌르는 것을 달가워하지 않습니다. 흘러가는 대로 자연스럽게 반응하고 싶어 합니다.

　　따라서 당신은 자기가 맡은 캐릭터의 심리가 진행되는 흐름에만 의지하고, 표정은 평소와 다름없이 유지하십시오. 거울 앞에서 연습하는 것은 별로 좋지 않습니다. 거울에 비친 모습은 바로 당신, 당신이 살면서 평생 봐왔던 사람이지, 영화 속에서 당신이 맡은 사람과는 아무 상관없는 사람이기 때문입니다. 당신은 당신이 아닌 누군가인 것입니다.

숏에 따른 동작의 크기

하나의 테이크가 진행되는 동안 카메라는 배우에게 불필요하게 다가가거나 멀어지지 않습니다. 따라서 사전에 어떤 숏을 준비하는 것인지 물어보는 것이 중요합니다. 동작의 크기를 어느 정도로 잡아야 할지 가늠하기 위해서 반드시 물어보시기 바랍니다. 대략적인 기준은 이렇습니다. 마스터 숏에서는 움직임을 널찍하게 잡을 수 있습니다. 미디엄 숏에서는 움직임의 크기를 반으로 줄이십시오. 클로즈업에서는 또 다시 반으로 줄이십시오.

이탈리안 잡 The Italian Job
피터 콜린슨 감독, 패러마운트 픽처스, 1969.

또한 어떤 숏이 세팅되고 있는지 알아야 어디까지가 카메라 프레임 안에 잡히는지 알게 됩니다. 롱 숏을 찍을 때는 무릎에 둔 유리잔을 만지작거릴 수 있지만, 허리 아래는 잡히지 않는 미디엄 숏을 찍을 때도 계속 그러면 모두들 '프레임에 잡히지 않는 화면 아래서 뭘 하고 있는 거지?'라며 의아해 할 것입니다. 롱 숏에서는 팔을 마구 휘두를 수 있지만 클로즈업에서는 그럴 수 없습니다. 감독에 따라서는 실제로 카메라를 바짝 들이대고 클로즈업을 찍기도 합니다. 클로즈업을 찍을 경우에는 "여기서 어느 정도 움직일 수 있나요?"라고 물어보십시오. 감독이 한 치도 움직일 수 없다고 하면, 그대로 한 치도 움직이지 마십시오.

옛날에는 카메라 렌즈를 보고 어떤 숏을 찍을지 미리 알 수 있었습니다. '40mm'라고 적힌 카메라 장치를 보고 힌트를 얻었던 것이죠. 지금은 성능이 아주 뛰어난 줌 렌즈를 장착시켜서 찍기 때문에, 저 역시 클로즈업으로 바뀐 줄 모른 채 유리잔을 만지작거리고 있을 수 있습니다. 확실하지 않으면 꼭 물어보십시오!

카메라는 촬영 중에 불필요하게 당신에게 다가오지 않습니다. 하지만 카메라가 여느 때와 달리 근접한다면 분명 불안하게 느껴질 것입니다. 크기가 작은 핸드 헬드 카메라의 경우 특히 그렇죠. 이런 카메라는 이동성이 아주 좋고, 그로 인해 제한된 공간에서만 쓸모가 있습니다. 하지만 카메라에 너무 근접하면 렌즈 곡률의 영향을 받게 됩니다. 렌즈는 곡면 주위로 얼굴을 잡아당기는 속성이 있어 스크린상에서는 코가 엄청나게 크게 나오고, 귀는 강풍이 부는 날 오토바이를 타고 달리는 것처럼 뒤쪽으로 당겨져 보이게 됩니다. 이런 종류의 렌즈는 토플리스 사진을 찍을 때 일부러 쓰기도 합니다. 감독이 이런 효과를 염두에 둔 것이 아니라면, 이동식 카메라로 찍을 때는 절대 그쪽으로 가까이 다가가지 말 것을 권합니다.

카메라에서 벗어나 있을 때

물론 당신이 항상 카메라의 중심에만 있을 수는 없습니다. 때로는 카메라 앵글 밖에 위치할 수도 있습니다. 이런 경우 카메라 바깥에 있으면서 다른 배우의 클로즈업 촬영을 어떻게 도와줄지 가늠하고 있는 것도 대단히 중요합니다. 카메라 숏에서 벗어나면 마음을 놓아서 연기 집중력이 다소 흐트러지는 배우들이 있기는 합니다. 하지만 이런 태도는 해당 장면 전체에 영향을 미치기 때문에 그 배우들에게도 좋을 것이 없습니다.

　　연기는 경쟁의 대상이 아닙니다. 현장의 모든 것은 좋은 영화를 만들기 위함이지, 그렇지 않으면 다 함께 공멸하게 됩니다. 당신이 다른 배우보다 더 돋보여야 하는 문제가 아닌 것입니다. 따라서 당신이 카메라에 잡히지 않는다고 할지라도, 그랬을 때와 똑같은 집중력으로 연기해야 합니다.

　　카메라에 잡히는 배우를 도우려면 먼저 카메라맨에게 붙어 서서 머리를 최대한 렌즈에 가까이 두십시오. 상대 배우가 가장 바람직한 위치에서 연기를 할 수 있도록 해주는 것입니다. 왜냐하면 그쪽에서 당신을 볼 때 그의 얼굴이 자연스럽게 렌즈에 맞춰지기 때문입니다.

오슨 웰스[*] 같은 명배우가 클로즈업을 찍을 때라면 그냥 집에 가도 상관없을 것입니다. 웰스라면 다른 사람이 시선에 걸리는 것을 절대 원치 않았을 테고, 상대역의 대사를 누가 대신 읽어주는 것도 용납하지 않았을 테니까요. 자기 장면은 혼자 알아서 할 사람입니다. 다른 배우가 대사하는 시간 간격까지 정확히 계산해가면서 말이죠. 이는 다른 배우가 있는 것이 도리어 연기 집중력을 해치는 경우입니다. 웰스는 완벽에 미치지 못하는 연기에 응하느니 차라리 혼자 다른 배우의 연기까지 상상하면서 자기 부분에 최대한 집중하는 스타일인 것이죠. 사실 카메라 밖에서

Orson Welles 1915~1985. 미국 위스콘신 주 태생. 또래들이 글 읽기를 배우고 있을 때 이미 셰익스피어의 《소네트》를 읊었다는 전설적인 천재 배우, 감독, 제작자. 그의 대표작 〈시민 케인Citizen Kane〉(1941)을 비롯해 〈위대한 앰버슨가The Magnificent Ambersons〉(1942), 〈맥베스Macbeth〉(1948), 〈오셀로The Tragedy of Othello〉(1952) 등을 제작, 감독했다. 〈제3의 사나이The Third Man〉(1949)에서의 연기는 고전이라 불린다. 깊은 울림통에서 퍼져 나오는 목소리와 톤을 자유자재로 조절함으로써 다양한 인물의 성격, 정서, 감정을 표현하는 재능은 어느 누구도 능가할 수 없을 만큼 천재적이다. 그러나 감독으로서 자기 작품에 대한 집요함, 독특한 촬영 방식과 편집 방식, 방종에 가까운 생활로 인해 제작자와 마찰이 끊이지 않았다. 결과적으로, 신뢰할 수 없는 감독이라는 낙인이 찍혀 제작하는 데 어려움을 겪기도 했다. 사후에 작품을 제대로 인정받을 만큼 시대를 앞질러 간 감독이자 배우였다. 그가 만들어낸 '그림자Shadow'의 목소리는 어느 누구도 흉내 낼 수 없는 고전으로 평가받고 있다. 배우에게 있어 목소리의 중요성은 오슨 웰스가 만들어내는 인물들의 구성력이 소리에서부터 비롯된다는 사실만으로도 입증된다.

훌륭한 연기를 보여주는 배우는 거의 없다시피 합니다. 자기 대사를 씹을 때도 많거든요. 여러분은 그런 배우는 되지 마십시오.

동작의 연속성

촬영장에는 매 장면 마스터 숏에서 찍힌 동선, 동작, 의상의 세부 사항 등을 모두 기록하는 스크립터가 있어서 뒤에 이어지는 숏들에서 모든 것이 똑같이 재연될 수 있도록 합니다. 하지만 핵심적인 부분을 혼동하지 않는 것은 영화배우로서 기본 소양이라 하겠습니다.

앞서 말했다시피 제작진 모두를 더 힘들게 만드는 귀찮은 일을 벌이지 않는 것도 무척이나 중요합니다. 담배도 분명 여기에 포함됩니다. 긴 숏에서는 절대 담배를 피우지 마십시오. 클로즈업을 찍을 때가 되면 어디서 담배 연기를 뿜었는지, 언제 담배 쥔 손을 바꿨는지, 담뱃재는 얼마나 길었는지 헷갈리기 마련입니다. 마스터 숏 시작부터 복잡하게 되면, 클로즈업을 찍을 때 장면 전체를 다 내다 버려야 할지도 모릅니다.

앞으로 이런 경우를 수없이 접하게 될 것입니다. 어떤 배우가 너무나 창의적인 나머지 "상대가 말을 할 때 저는 단추를 풀고요. 그 다음에는 이걸 하고요, 그 다음에 저걸 하고요……"라고 의욕에 넘쳐서 말합니다. 클로즈업을 찍을 때가 돼서 감독이 "아까 동작을 어디서 했죠?"라고 묻습니다. 그런데 그 배우는

"잘 모르겠는데요"라고 대답합니다. 이렇게 되면 마스터 숏 재촬영을 피할 수 없게 됩니다. 그 배우는 결국 귀한 시간과 비용을 낭비하게 만든 셈이 되고, 앞으로 영화에 캐스팅될 기회가 적어질 것이 불 보듯 뻔합니다.

감정의 연속성

진정한 프로 영화배우라면 시각적인 연속성을 이해하는 것뿐만 아니라, 감정의 연속성에 대해서도 잘 알고 있어야 합니다. 연극 무대에서는 장면에 따라 진행되기 때문에 배우 각각이 감정 고조를 느끼게 되고, 이런 배우들이 어울려 전체적인 작품의 분위기를 창조하게 됩니다. 영화에서는 최종 결과물이 무척 사실적일 수 있지만, 그 과정 자체는 상당히 작위적이라 하겠습니다. 순차적으로 촬영하는 경우가 거의 없으니까요. 그게 가능하면 그렇게 합니다만, 경제적인 문제가 그런 이상적인 계획을 늘 방해하기 마련이죠.

만약 제작진 전체가 비싼 돈을 들여서 야외촬영을 하게 되면, 시나리오상의 순서에 상관없이 그 장소에서 찍어야 할 장면부터 우선 몰아서 찍습니다. 그렇게 하는 것이 경제적이기 때문이죠. 마지막 장면이 야외촬영분일 경우에도, 일단 그 장면부터 먼저 찍은 뒤 스튜디오로 이동해서 그 앞의 나머지 장면을 찍는 경우도 있습니다. 아침에 스튜디오에서 마스터 숏을 찍었는데, 오후에 갑자기 해가 나면 서둘러 바깥으로 나가 다른 장면을 찍을 수도 있습니다. 그러면 다른 날 다시 스튜디오로 돌아와서 그날 아침에 찍었던 장면을 연속성을 유지하면서 촬영해야 합니다. 해당 장면의 미디엄 숏과 클로즈업을 일주일 뒤에 찍을 수도 있는 일입니다. 감독은 아무렇지도 않게 자기가 클로즈업에서 어떤 것을 원하는지 주문하겠죠. 그런 것이 그의 업이니까요.

배우로서의 당신의 업은 마스터 숏을 촬영했을 때의 감정선을 세세한 부분까지 완벽하게 되살리는 것입니다. 이를 위해서는 고도의 집중력이 요구됩니다. 기억력을 총동원해서 마스터 숏을 찍었을 때의 장면을 그대로 머릿속으로 불러와야 하니까요. 그런데 만일 처음부터 제대로 준비를 했다면, 즉 뒤로 걸으면서 소리 내서 대사를 연습하여 목소리와 동작을 하나로 결합시켰고, 다시 앞으로 걸으면서 동선이 끝나는 지점까지 숙지했다면, 당신 머릿속에 장면 모두가 그대로 저장되어 있을 것입니다. 이처럼 애초부터 연습에 공을 들이는 것이 가치 있는 이유는 마스터 숏에서 찍었던 것을 반복해야 하기 때문만은 아닙니다. 그보다는 더 잘할 수 있게 되기 때문입니다.

스튜디오 촬영분에서 결투 장면을 아주 멋지게 해냈다고 합시다. 그런데 도중에 코트가 찢어지면 허사입니다. 스크립터가 "결투 장면을 재촬영해야겠네요. 앞서 찍은 숏에서는 찢어진 코트를 입고 있지 않았으니까요"라고 말할 테니까요. 심지어 면도할 때 살을 베는 것까지도 조심해야 합니다. 촬영이 있는 6주 동안은 중간에 쉬는 날이 있어도 태양을 피해야 합니다. 피부색이 달라지면 안 되니까요. 당신에게 태양은 존재하지 않습니다. 누군가가 폴라로이드 카메라를 들고 다니면서 앞선 장면과의 피부톤을 계속 비교하고 있을 겁니다. 그러니 뭐 하나라도 달라지지 않게 그냥 얌전히 앉아 있는 것이 상책입니다.

　　사람들은 묻습니다. "몇 시간 동안 가만히 앉아 있는 게 지겹지 않아요?"라고 말이죠. 글쎄요, 몇 시간 동안 그저 멍하니 앉아만 있는 것은 아닙니다. 몇 시간이고 가만히 앉아서 다음 장면에서 제가 할 것을 무척 열심히 고민하고 있으니까요.

2. 즉흥의 미

영화 연기는 세심하게 준비된 것과 즉흥적인 것이 미묘하게 혼합된 것입니다. 여러 생각과 대화를 새로이 만들어내는 기술은 마치 그것을 처음 접하는 것처럼 유심히 듣고 반응하는 데서 나옵니다. 아주 소싯적 제가 지방 유랑 극단을 전전하던 시절, 어느 명민한 연출가로부터 충고를 받은 적이 있습니다.

　　"마이클, 이 장면에서 넌 뭘 해야 하지?"

　　"할 게 뭐 없는데요. 대사가 한 마디도 없잖아요?"

　　"그렇게 생각한다면 넌 정말 크게 실수하는 거야. 물론 대사가 한 마디도 없기는 하지. 나름대로 정말 멋진 이야깃거리를 갖고 있는데 말이야. 하지만 넌 저기 앉아서 듣고만 있는 것이지. 그 이야기를 해줄까 말까 생각하면서 말이야. 그런 다음 결국 너는 그 이야기를 하지 말아야겠다고 마음속으로 결심하는 거야. 이게 바로 네가 이 장면에서 할 역할인 거지."

영화 연기를 배우려는 사람들에게 제가 해줄 수 있는 최고의 조언 역시 바로 이것입니다. 귀를 열고 반응하십시오. 자기 대사만 생각하다보면 유심히 듣지 못합니다. 상대 배우의 눈빛을 보며 반응을 해야 하고, 그 자리에서 처음 듣는 양 그의 말에 귀 기울여야 합니다. 심지어 리허설할 때도 말입니다.

실제로 리허설을 통해 자신의 연기가 얼마나 자연스러운지 알 수 있습니다. 다른 배우와 대사를 주고받고 있는데 조감독이 나서며 "리허설하는 데 끼어들어서 죄송한데요"라고 말하면 실패입니다. 만약 "대화 나누는 데 끼어들어서 죄송한데요"라고 한다면 성공인 것입니다. 대사는 자연스러운 대화처럼 들려야 하지, 절대 연기로 보여서는 안 됩니다. 그리고 이런 자연스러움은 남의 대사를 적극적으로 듣는 데서 비롯됩니다.

이처럼 귀 기울여 듣고 이에 반응하는 것을 통해 직업적 기술을 익히고 생활비를 버는 사람이 영화배우인 것입니다. 저는 미국 배우들이 늘 자기 대사를 되도록 줄이려 애쓴다는 걸 알게 되었습니다. "이 대사는 제가 다 하지 않을래요. 이건 당신이 해주세요"라고 말이죠. 처음에는 왜들 그러는지 몰랐습니다. 저는 대사 한 줄이라도 탐내는 연극배우 출신이니까요.

하지만 어떤 배우에게는 자기 대사를 포기하는 것이 현명한 방법이 될 수 있습니다. 다른 배우가 부지런히 말하는 동안, 그는 상대 대사를 잔뜩 귀 기울여 들은 뒤에 반응을 보일 수 있으니까요. 람보가 말을 거의 하지 않는 것은 우연이 아닙니다. 실베스터 스탤론은 바보가 아닙니다.

제가 〈알피Alfie〉(1966)를 찍고 나서 곧장 미국에 처음 왔을 때가 생각나는군요. 베벌리힐스 호텔 로비에서 존 웨인John Wayne을 만났습니다. 영화 〈혼도〉*의 옷차림으로 헬리콥터에서 막 내린 웨인은 제게 성큼 다가오더니 인사를 건네더군요. 제가 말했습니다.

"누구신지 압니다. 웨인 씨."

"여기는 처음이신가?"

"네."

그러더니 이렇게 말하는 겁니다.

"내 자네에게 충고 하나 해주지. 조용히 말할 것, 천천히 말할 것, 그리고 말을 많이 하지 말 것."

제가 〈리타 길들이기〉*에 출연할 거라고 했더니 제 친구들 왈,

"리타를 길들인다고? 그러면 리타에 관한 영화겠네. 그럼 넌 뭘 맡았는데?"

"프랭크라는 남자 역할이야."

"음, 영화판에서 스타로 뜨려면 〈프랭크 길들이기〉 같은

영화를 해야 하잖아."

다들 제가 미쳤다고 생각했습니다. 만약 연극이었다면 관객에게 리타만 보였을 것입니다. 대사가 가장 많기 때문이죠. 하지만 영화에서는 리타의 대사에 대한 반응을 보여주기 위해 프랭크를 카메라에 잡아야 합니다. 그렇지 않으면 리타의 대사에 아무 의미가 생기지 않기 때문입니다. 제가 아무리 강조해도 지나치지 않는 점이 바로 이것입니다. 영화에서 배우가 할 수 있는 가장 중요한 일 중 하나가 바로 귀 기울여 듣고 반응을 보이는 것입니다. 마치 처음 접하는 일인 양 생생하게 말이죠.

물론 다른 사람의 대사를 귀 기울여 들을 때 상대방의 눈을 뚫어져라 쳐다볼 필요는 없겠죠. 실생활에서도 사람들 말을 경청할 때 눈을 위아래로 움직거리고, 주변을 두리번거리기도 하고, 안경을 만지작거리기도 하다가 다시 상대방을 쳐다봅니다. 이런 테크닉의 달인 중 한 사람이 말런 브랜도입니다. 그는 눈으로 카메라를 부정합니다. 반쯤은 시선이 아래쪽이나 먼 곳을 향합니다. 그러다 갑자기 시선을 위로 향하게 하는데, 그 눈 속에 완전히 빠져들게 됩니다.

Hondo 1953. 파발꾼으로 출연했던 영화 〈혼도〉에서 입었던 파병군인 복장을 했던 웨인. (**〈혼도〉는 뉴멕시코 토착 미국인에 관한 영화임)

Educating Rita 1983. 윌리 러셀의 무대 히트작(1980) 코미디를 영화화한 작품으로, 알코올의존증 환자 교수가 한 미용사를 숙녀로 만들기 위해 개인 교습을 하다 사랑에 빠지는 과정을 다룬 코미디 영화. 〈마이 페어 레이디My Fair Lady〉(1964)와 유사한 플롯을 가짐.

알피 Alfie
루이스 길버트 감독, 패러마운트 픽처스, 1966. (셸리 윈터스와 함께)

연기의 신선함은 촬영을 몇 차례 반복하다보면 점점 사라지기 마련입니다. 저는 '한 방*'이라는 별명을 갖고 있습니다. "액션!"이 떨어지면 모험을 감수하며 극한까지 연기를 밀어붙이기 때문에 그렇습니다. 그러다보니 다시 촬영을 하게 되면 저로서는 그만한 긴장감을 갖기가 퍽 힘듭니다. 보통 두 번째 촬영에서는 다소 연기가 떨어지고, 그다음부터 나아지는 편입니다. 하지만 처음에는 제대로 못하다가 테이크가 반복되면서 나아지는 배우들과도 영화를 찍어봤습니다. 여기서 감독은 배우 각자가 가진 연기의 균형점을 잘 안배해 전체적으로 어울리게 해야 합니다.

어떤 장면을 반복해서 연기하도록 주문받을 때가 많습니다. 당신에게 어떤 감정의 맥을 찾게 하거나 혹은 단순히 진을 빼놓기 위해서 말이죠. 당신이 완전히 나가떨어질 때까지 감독은 이를 끈질기게 요구하는 것입니다. 진 빼기에서 주목해야 할 점은 자연스럽게 긴장이 풀리게 된다는 사실입니다. 테이크를 반복해서 찍는 동안 자기 연기가 따분해지지 않게 하려고, 혹은 좀 더 다듬어보려고 근소한 차이를 두어 연기 해석에 변화를 주게 됩니다(저는 이럴 경우에도 절대 신체적 움직임에는 변화를 주지 않습니다. 장면 연속성에 문제가 생기지 않도록 말이죠).

자신은 연기를 정말 최고로 잘했다고 생각했는데 감독이

---

* one take 카메라로 영화의 한 장면이나 시퀀스를 찍을 때 중간에 끊김이나 방해 없이 한 번에 찍는 것을 칭한다. 웬만해서 한 테이크로 끝내는 케인의 승부 기질에서 비롯된 닉네임이다.

"다시 갑시다"라고 말하면 정말 열받을 수 있습니다. 하지만 어떤 게임이라도 최소한 더 나빠지지는 않는 법입니다. 센스 있는 감독들은 일단 자기가 원하는 그림을 얻어도 이렇게 말합니다.

"좋습니다. 이번 걸로 프린트 합시다. 혹시나 싶어서 그러니까, 이제는 안전하게 한 번만 하죠. 그냥 되는 대로 가봅시다. 편하게 놀아보자고요."

보통은 이렇게 찍힌 촬영분이 최종적으로 사용됩니다. 모두들 부담감에서 벗어나 마음이 편해지니 자기가 할 수 있는 최고의 연기를 보여주기 때문이죠.

'작을수록 좋다.' 이게 바로 영화배우 지망생들에게 제가 말해줄 수 있는 최고 비법 중 하나입니다. 연기 자체를 하지 않는 연기가 극단적인 반응이 요구되는 상황에서는 아주 유용할 수도 있습니다.

예를 들어 대본상에서 어떠한 끔찍한 일이 당신 앞에서 벌어졌다고 해보죠. 아내가 살해된 것을 발견했다고 칩니다. 카메라는 당신을 클로즈업으로 잡는데, 대부분 완전히 얼빠진 듯 멍한 표정을 짓습니다. 그렇지만 관객은 자신의 감정을 당신의 이런 표정에 투사할 것입니다. 연기란 그 순간까지 쌓아가는 과정에 존재하는 것이지, 그 순간 자체에 있는 것은 아닙니다. 당신은 무슨 연기를 반드시 해야 할 필요가 없습니다. 관객들이 저절로 "어머나!" 해줄 테니까요.

〈크리스티나 여왕Queen Christina〉(1933) 마지막 장면에서

드레스트 투 킬 Dressed to Kill
브라이언 드 팔마 감독, 필름웨이스 픽처스, 1980.

감독은 그레타 가르보*에게 무표정하게 가만히 있으라고 했답니다. 그 결과 완전히 눈물바다가 되었죠. 관객들은 여왕의 감정이 어떤지 알고 있었던 것입니다. 여배우가 앞선 장면들을 통해 관객들을 여왕의 감정 속으로 끌고 왔기 때문이죠. 마지막 장면에서 관객들은 저절로 반응했고요.

3. 목소리, 음향, 조명, 동선

당신 목소리가 어떻든 간에 쓰십시오. 목소리는 당신만의 고유한 것인 데다, 당신이 연기할 인물이 당신 목소리와 같지 않아야 할 하등의 이유가 없으니까요. 특정한 역할을 하기 위해서 특별한 억양을 구사해야 할 때가 있기는 합니다만, 그것은 별개의 문제입니다. 목소리를 의식하는 것은 함정입니다. 현실에 대한 모든 환상을 걷어내니까요. 목소리를 부드럽게 해서 아름답고 매끄럽게 만들려고 노력한다면, 틀림없이 최악의 구닥다리 방식으

Greta Garbo 1905~1990. 스웨덴 태생. 무성영화 시대에 전성기를 누린 여배우. 〈안나 크리스티Anna Christie〉(1931) 첫 장면의 대사는 아직까지 어느 누구도 흉내 낼 수 없는 그녀만의 것으로 회자된다. 그 첫 장면의 첫 대사로 그곳에 나타나기까지 안나의 세월을 모두 표현했다고 할 정도이다. 특유의 억양, 맑고 투명하면서도 깊은 데서부터 울려 나오는 매혹적인 웃음과 미모가 〈마타 하리Mata Hari〉(1931), 〈크리스티나 여왕Queen Christina〉(1933), 〈그랜드 호텔Grand Hotel〉(1932) 같은 작품에서 돋보였다. 자신의 늙어 가는 모습을 대중에 보이기 싫어해 할리우드를 떠나 뉴욕 아파트에서 죽을 때까지 은둔 생활을 한 것으로도 유명하다.

로 '연기'하는 소리가 나올 것입니다.

하지만 무대에서처럼 목소리를 올바르게 내는 방법은 배워야 합니다. 복식호흡을 해야 합니다. 호흡을 제대로 해야 듣기에 편안한 목소리가 나오게 됩니다. 목을 쥐어짜서 소리를 낼 필요는 없습니다. 쥐어짠 소리는 귀를 쫑긋 세우고 들어야 합니다. 어떤 배우들은 발음은 정확한데 목소리를 쥐어짜거나 목에 힘을 줍니다. 목으로만 소리를 내서 그렇습니다. 당신이 진정으로 신경 써야 할 한 가지가 바로 목소리가 '어디'에서 나오느냐는 것입니다. 복식호흡을 하십시오. 그러면 신경과민으로 연기를 망치는 것도 피할 수 있습니다.

〈줄루〉를 촬영할 때 저는 초장부터 믿을 수 없을 정도로 신경이 예민해 있었습니다. 상상이 되실 겁니다. 저로서는 처음 맡은 대작이었고, 처음 얻은 큰 기회였으니까요. 로케이션 첫날만 생각하면 지금도 부르르 떨립니다. 남아프리카의 땡볕 아래에서 군복을 입고 있으려니 무척이나 불편했습니다. 게다가 제 대사는 상류층 억양으로, 최소한 그렇게 들리도록 노력이라도 해야 했습니다. 엎친 데 덮친 격으로, 제가 탄 말이 저를 세 번이나 강물에 내동댕이치는 바람에 의상만 계속 갈아입어야 했고요. 마침내 그 망할 놈의 말이 고분고분해지고 나서야 대사를 할 수 있었습니다. "날은 뜨겁고, 일은 어렵네." 그러자 사이 엔드필드Cy Endfield 감독이 소리쳤습니다.

"컷! 왜 그렇게 목소리가 높아?"

죽음의 게임 Deathtrap
시드니 루멧 감독, 워너브라더스 픽처스, 1982. (크리스토퍼 리브와 함께)

"제 캐릭터가 그렇잖아요."

"아니! 리허설 때 자네 목소리 들어봤잖아. 그때와는 달라. 지금이 더 높아."

음향기사를 부르더니 제 대사를 다시 틀어보게 했습니다. 신경이 너무 예민해져 있어 목구멍이 좁아졌고 어깨에 잔뜩 힘이 들어간 탓에 목소리가 평소보다 한 옥타브 정도 높아져 있었습니다. 저는 도리 없이 그놈의 말을 다시 강 건너편으로 끌고 가야 했습니다. 이번에는 스스로 긴장을 풀려고 억지로 애를 썼습니다. 그제야 목소리가 제대로 나오게 된 것이죠.

연극배우들은 언제 호흡을 할지 계산해야 합니다. 대사의 페이스를 조절할 필요가 있기 때문입니다. 하지만 영화에서는 대사의 페이스가 편집에서 나옵니다. 편집기사는 페이스가 너무 길어진다거나 필요한 곳에서 페이스를 빠르게 가져가고 싶으면 대사 간격을 줄여서 편집할 수 있습니다. 따라서 영화 연기에서는 대사 사이의 간격을 자기가 생각한 대로 하면 됩니다. 배역의 심리가 어찌할 바를 모르는 상태라면 머뭇거리고, 아이디어가 막 쏟아져 나오는 상태라면 빠른 속도로 유창하게 말하면 됩니다. 긴장을 풀고 캐릭터의 심리에 몰입하면 폐는 본능적으로 맡은 바 임무를 수행할 것입니다. 만약 그렇지 않다면, 분명 당신이 맡은 인물에게 호흡 장애가 있는 것입니다. 폐를 쓰십시오. 그것을 자연의 순리라고 하죠.

연극에서는 목소리를 명확히 전달할 필요가 있습니다. 극장 2층 맨 뒷줄까지 들려야 하니까요. 영화에서는 보통 그럴 필요가 없습니다(음향기사는 전혀 신경 쓸 필요가 없습니다. 항상 문제가 있는 사람들이거든요). 예민한 마이크는 매우 나직한 말투까지 잡아낼 수 있습니다. 장대에 매달린 붐마이크가 머리 위에 자리할 수도 있고, 송신기와 연결된 소형 마이크를 몸에 달고 있을 수도 있습니다. 어떤 경우든 상황이 요구하는 바대로, 들릴락말락한 소리로 속삭일 수도 있고, 혹은 마이크를 찢어놓을 만큼 크게 소리칠 수도 있습니다. 하지만 음향기사에게 어떻게 할 것인지 미리 이야기해줘야 합니다. 이어폰을 끼고 있으니까요.

언젠가 제가 일종의 건달 역할을 맡은 유성영화를 찍을 때가 생각납니다. 제가 한 남자 뒤로 다가가서 "넌 이제 죽었어"라고 속삭이고는 등 뒤에서 총을 쏘는 장면이었습니다. 음향기사는 녹음 장비의 음향을 높여둬서 귓속말도 다 잡을 수 있는 상태였지요. 그런데 저는 대사를 말하는 것을 깜박하고 바로 총을 쏴버렸습니다. 볼륨을 최대로 하고 이어폰을 끼고 있던 음향기사는 총소리 때문에 고막이 터질 뻔했던 것이죠. 바로 뛰쳐나가서 다량의 진통제를 먹어야 했고요.

다른 배우의 대사에 담긴 에너지 수준에 감염되지 마십시오. 때로는 소극적인 연기가 전염병처럼 퍼져나갑니다. 자기 나름대로 유지해온 목소리의 크기와 강도를 지키십시오. 이 점을 인식하고 있으면 재촬영 시에 앞서 했던 호흡과 일치시키는 데도 도움이 됩니다. 감독이 대사의 호흡에 변화를 줄 것을 주문하지 않는다면, 같은 호흡을 몇 번이고 반복해야 하니까요.

억양

억양은 조심스럽게 접근할 문제입니다. 어떠한 억양을 쓰기로
했다면, 연기 집중력 중 적어도 50퍼센트를 거기에 투자해야 할
것이기 때문입니다. 자연히 귀한 에너지가 가장 필요한 대목에
서는 온전하게 사용할 수 없게 됩니다. 그것을 가능하게 하려면
자기 나름대로 사용하던 억양을 쓸 수 있는 역할을 하십시오.
    어떤 독특한 억양을 사용하는 것은 언제나 바람직한 일
입니다. 단, 그 억양을 연기로 만들어내는 것이 아니라는 전제에
서요. 〈보물섬Treasure Island〉(1950)을 예로 들면, 로버트 뉴튼Robert
Newton은 영화 내내 자신의 독특한 억양을 사용해서 결국 제대로
적중시켰습니다(〈보물섬〉에서 뉴튼의 연기는 해적 연기의 진수로 평가
된다 - 역자).
    이번에는 영국식 억양에 대한 것입니다. 미국인들이 영국
악센트를 못 알아듣는 것은 아닙니다. 진짜 문제는 영국인들이
미국인들보다 두 배는 빠르게 말한다는 점입니다. 만약 당신이
영국인이고 미국에서 개봉될 영화를 찍는다면 천천히 말하십시
오. 저도 아주 천천히 말하는 것을 연습했고, 덕분에 미국인들도
저를 받아들이게 되었습니다. 심지어 토종 미국인 역할을 할 때
도 말입니다. 맨해튼을 배경으로 한 우디 앨런* 영화에도 출연하

게 되었습니다. 제가 '리프트lift' 대신 '엘리베이터elevator', '페이브먼트pavement' 대신 '사이드워크sidewalk', '플랫flat' 대신 '아파트먼트apartment'라고 말하면서 영국식 어투를 사용하지 않기 때문이었습니다. 이제 저는 미국인 고유의 어법을 쓰면서 말을 천천히 합니다.

영국식 악센트가 제 연기의 전부인 양 사람들이 생각할 때면 늘 속이 상합니다. 〈알피〉, 〈국제 첩보국The Ipcress File〉 (1965), 〈겟 카터Get Carter〉(1971) 등에서 저는 전혀 다른 캐릭터를 각기 다른 영국식 어조로 연기했습니다. 하지만 다들 "또 늙다리 영국 토박이 연기를 하셨구만"이라고 했습니다. 아무도 "로렌스 올리비에가 했던 셰익스피어의 늙은 왕을 다시 맡았네"라고 말해주지 않더군요.

그래서 〈마지막 계곡The Last Valley〉(1970)에 출연했습니다. 독일 악센트를 구사하려고 애쓰면서 독일인처럼 보이려고 연기

Woody Allen 1935~ . 미국 뉴욕 태생. 배우, 작가, 코미디언, 감독으로 활약하는 것으로 다재다능한 그의 역량을 엿볼 수 있다. 우디 앨런의 작품은 대부분 자전적인 요소들로 채워진 블랙코미디이다. 뉴요커들이 즐기는 지적 유희와 언어유희, 게임들 저변에 깔려 있는 정서적 불안, 남성의 성도착증적인 편집증을 연인 관계를 통해 풀어내는 희극적 능력이 탁월하다. 20세기 현대인의 불안을 대변하는 그의 인물화는 그만이 그려낼 수 있는데, 그것은 그의 탁월한 지적 능력이나 예술적 감각에 비해 초라해 보이는 자신의 외모를 적나라하게 고백함으로써 드러나는 괴리감에서 온다. 1970년대부터 활발하게 영화를 만들었으며 대표작으로는 〈돈을 갖고 튀어라Take the Money and Run〉(1969), 〈카사블랑카Casablanca〉(1942)의 패러디인 〈카사블랑카여 다시 한 번Play It Again Sam〉(1972), 〈바나나 공화국Bananas〉(1971), 〈애니 홀Annie Hall〉(1977), 아카데미 각본상을 받은 〈한나와 그 자매들Hannah and Her Sisters〉(1985) 등이 있다.

하는 것은 덫이 되겠다는 생각이 들더군요. 그래서 완벽한 영어를 구사하려고 애쓰는 독일인으로 제 캐릭터를 잡았습니다. 사투리를 녹음한 테이프를 며칠 내내 틀어놓고 유심히 들었습니다. 그다음 테이프는 잊어버리고, 유창한 영어, 하지만 기본적으로 독일어의 기본 화법 패턴이 깔려 있는 영어를 구사하려고 노력했습니다. 제 생각에는 꽤 잘 해냈던 것 같습니다.

〈독수리 착륙하다The Eagle Has Landed〉(1975)에서는 또 다른 독일 악센트가 필요했습니다. 하지만 이번에는 흥미롭게 변화를 줘야 했죠. 두 가지 버전의 독일 악센트가 필요했으니까요. 몇몇 장면에서는 제가 맡은 배역이 다른 독일인에게 독일어로 말해야 하는데, 대본은 영어로 되어 있었습니다. 그러니 어떤 악센트가 되었건 거의 얼버무릴 수밖에요. 다른 장면에서는 영국에 머물면서 영국인 행세를 해야 했는데, 극중 당사자로서는 영어가 외국어인 셈이 되는 겁니다. 이 경우에는 다소 퉁명스럽고, 딱딱 끊기는 억양을 만들어냈습니다(제 나름으로는 꽤나 섬세한 해결책이 아니었나 싶습니다만).

음향과 더빙

영국 영화에서는 음향기사가 사운드트랙에 어떤 불필요한 잡음이 들어가지 않게 하려고 애씁니다. 예컨대, 식기가 달그락거리는 소리 같은 것 말입니다. 이 경우 음향기사는 접시 밑에다 고무

독수리 착륙하다 The Eagle Has Landed
존 스터지스 감독, 콜롬비아 픽처스, 1975. (도널드 서덜랜드, 진 마시와 함께)

판 같은 것을 대는 등의 사전 조치를 취합니다.

그런데 미국인들은 일상적인 소음과 더불어 삽니다. 그래서 영국이 유성영화talking pictures를 만든다면, 미국은 활동영화moving pictures를 만든다 하겠습니다. 영국 영화계는 연극적인 전통을 갖고 있는 반면, 할리우드는 연극의 중심지로부터 5천 킬로미터 가까이 떨어져 있습니다. 미국은 광활한 공간을 배경으로 한 서부영화를 처음 영화에 담았지만, 유럽은 사라 베르나르*가 고전작품 중 몇 장면을 연기한 것을 영화화한 것이 첫 출발이었습니다. 그래서인지 미국 음향기사는 "나이프를 내려놓으면 원래 소리가 나지 않습니까? 그러니까 그런 소리는 그냥 놔두는 거죠"라고 말합니다. 하지만 배우 입장에서는 적어도 "사랑해, 여보"라는 대사를 하면서 나이프를 내려놓는 일 정도는 하지 않는 것이 도움이 되겠죠. 대사를 할 때 절대 문을 닫거나 서랍을 열지도 말고요.

촬영이 끝난 뒤에는 몇 가지 후시녹음 작업이나 더빙을 위해 호출을 받게 됩니다. 이미 녹음된 데에 새로운 사운드(당신 목소리가 들어가는 부분 같은)를 삽입하는 일입니다. 대사를 하는 중

Sarah Bernhardt 1844~1923. 19세기 후반 유럽을 대표했던 프랑스 여배우. 극단을 이끌고 유럽을 순회하며 〈페드르〉, 〈춘희〉, 〈햄릿〉 등을 공연했다. 시바 여왕을 연상시키는 요염한 자태와 자유분방한 생활 태도로 유럽의 많은 예술가들에게 자극을 주기도 했다. 1914년 한쪽 다리를 절단한 후에도 무대를 떠나지 않았고, 파리에서 사망 시 국장國葬 예우를 받았다.

간에 머리 위로 비행기가 지나갔을 수도 있고, 감독이 다른 억양을 원할 수도 있습니다. 저에게 있어 후시녹음은 목은 목대로 고생시키면서 결과물의 완성도는 25퍼센트 정도 떨어뜨리는 무척고된 작업입니다. 더빙은 항상 촬영을 끝내고 한참 뒤에 하게 됩니다. 그때쯤이면 이미 다른 영화를 찍고 있을 수도 있고요. 그런데 갑자기 옛날에 했던 캐릭터로 돌아가야 하는 것입니다. 웃긴헤어스타일에다 수염까지 기른, 완전히 낯선 인간을 화면을 통해 보게 됩니다. '세상에나, 내가 저때 저런 목소리를 냈단 말이야?' 하는 생각이 절로 듭니다. 옛날에 녹음한 것을 조금 들어본뒤, 자기 자신을 흉내 낼 수밖에요.

더빙은 극단적으로는 한 배우의 얼굴에 다른 배우의 목소리를 덧대는 것도 가능한, 영화에서 목소리에 관한 한 절대적인통제 수단입니다. 영화 제작자의 정부에게 더욱 아름다운 목소리를 선사하기 위해 처음 시도되었다는 전설 같은 이야기도 전해집니다. 간혹 '스크래치 트랙scratch track'(촬상음대. 편집 작업에서만 사용되는 사운드나 그 녹음─역자)이라는 것을 현장에서 녹음해둡니다. 이는 고도의 기술적 표준이 되는 음향은 아니고, 대략적인가이드라인으로 활용되는 것입니다.

촬영이 다 끝난 뒤에 잘 통제된 환경의 스튜디오에서 자기 대사 전부를 더빙하기 위해 호출을 받을 때도 있습니다. 이런환경에서라면 간혹 처음의 대사 전달력보다 다소 나아지기도 합니다. 하지만 대체적으로 후시녹음 작업은 꽤 힘든 일입니다. 화면과 정확히 말을 맞추려면 몇 번이고 연습을 해야 하니까요. 연기한 것 전부를 이런 식으로 되찾기란 어려운 일이 될 것입니다. 이보다 더 힘든 것은 다른 사람이 연기한 것을 더빙하는 것입니다. 가장 힘든 때는 당신이 했던 연기가 처음부터 마음에 들지 않는 경우겠지요.

그러나 대부분의 감독들은 촬영장에서 녹음하는 것을 선호합니다. 외부에서 발생하는 소리, 현장감, 자연스러운 목소리 연기 등이 가진 힘을 더빙으로는 도저히 표현할 수 없기 때문입니다. 게다가 마이크는 대개 사람의 귀보다 훨씬 예민합니다. 현장에서 동시녹음을 하면 미세한 소음들까지 담겨서 영화 사운드 트랙을 풍부하게 해줍니다.

리처드 위드마크*가 한번은 제게 영화 소음에 대해 이런 조언을 해주었습니다.

"영화를 찍을 때, 특히 서부영화인 경우에는 특수효과를 조심하게."

저는 물었습니다.

"왜요?"

Richard Widmark 1914~2008. 미국 미네소타 주 태생. 1940년대 브로드웨이에서 연기를 시작했으며 1947년부터 영화에 출연하였다. 독특한 웃음소리와 목소리 때문에 처음에는 사이코패스적인 살인범 역할로 연기를 시작했다. 〈이중 노출Kiss of Death〉(1947)로 영화계에 데뷔한 이래 폭넓은 연기 역량을 선보였다. 서부영화 〈알라모The Alamo〉(1960)에 출연하면서 우리나라에 알려졌다.

그는 이러더군요.

"뭐라고? 다른 쪽 귀에 대고 다시 말해주겠나?"

저는 반대쪽 귀에 대고 다시 말했습니다.

"왜요?"

그가 답했습니다.

"카우보이가 나타나면 곧장 뒤로 숨는 장면을 흔히 봤을 걸세. 그러면 꼭 바위에서 폭탄이 터지지? 내 나이 정도 되는 배우들 아무에게나 한번 말을 건네보게. 다들 한쪽 귀는 먹었을 테니."

마침 현장에 같이 있던 헨리 폰다가 오더니 물었습니다.

"저 친구 뭐라 하나?"

제가 대답했죠.

"선배님도 서부영화 많이 하셨다고요, 그렇죠?"

"그럼, 그랬지."

그런데 이들 연배의 배우들은 정말 모두 한쪽 귀가 먹어 있었습니다. 서부영화에 출연한 대가인 셈이죠.

조명과 잉키딩크

스타 배우들은 대부분 영화 제작의 기술적인 부분을 꽉 잡고 있습니다. 가장 알고 싶어 하는 부분이니까요. 영화 만들기는 먼저 기술적인 작업 과정입니다. 어떤 비법이 있으면 좋겠지만 희망 사항일 뿐입니다. 그러니 어떤 조명이 그 장면에 가장 알맞으면서 당신을 제일 돋보이게 해주는지 알 필요가 있습니다. 아울러 조명기사에게 최대한 협조를 다해야 하고요.

어떤 스타들은 자신이 원하는 조명에 대해서는 아주 구체적입니다. 언젠가 헨리 폰다가 클로즈업을 찍을 때 카메라 밖에서 상대역을 한 적이 있었습니다. 저는 정위치에 서 있었고 막 촬영이 시작될 참인데 헨리 폰다가 이러는 겁니다. "잉키딩크inky-dink(미니 조명을 가리키는 속어. '잉크빛 성기'라는 뜻으로, 원래는 흑인을 비하하는 말 – 역자)가 어디 있지? 소형 조명기 말이야." 조명 담당자가 "참, 제가 깜박했네요. 죄송합니다"라고 하더군요. 얼른 가서 조명기를 가져왔습니다.

여러분들도 클로즈업에서 헨리 폰다가 어쩌면 그렇게 멋지게 보이는지, 비법이 무엇인지 궁금하셨겠죠? 눈에서는 광채가 나고, 살짝 눈물이 고인 듯한 슬픈 표정을 보여주었죠. 그게 바로 잉키딩크 덕분이었다는 이야기입니다. 폰다는 제 얼굴을 보는 대신, 제 얼굴이 있던 자리에 자그마한 조명을 놓고 빛만 응시했던 것입니다. 저는 조명 뒤에서 말만 했고요.

움직임

극중에서 동작을 어떻게 할 것인지가 자신이 맡은 인물에 따라 좌우된다는 것은 두말할 나위가 없습니다. 하지만 자연스러운 움직임은 당신 몸의 '중심'에서 나옵니다. 자연스러운 목소리가

다이아몬드 작전 Bullseye!
마이클 위너 감독, 21세기 프로덕션, 1990. (샐리 커클랜드, 로저 무어, 데버라 배리모어와 함께)

나오는 지점과 동일한 위치죠. 중심을 딱 잡고 걸으면 확고한 자신감을 발산하게 됩니다.

확신과 여유를 갖고 걸으십시오. 그러면 당신이 걸어간 자리가 영향력의 중심이 됩니다. 당신의 힘이 모든 시선을 당신 쪽으로 고정하게 만드는 것이죠. 구부정하게 혹은 고개를 내밀고 걷거나, 어깨를 부자연스럽게 뒤로 젖히고 걸으면 그런 힘은 빠져나가버립니다. 편안하면서도 중심을 잡고 걸어야만 힘이 실립니다. 중심이 잡힌 걸음걸이는 아주 위협적으로 보일 수도 있습니다. 이런 조언을 영화에서 써먹을 기회를 갖지 못할지라도 한번 따라해보십시오. 적어도 노상강도를 당할 일은 절대 없을 테니까요. 혹시나 싶어 말씀드리는데, 만약 당신 걸음걸이가 저랑 비슷하더라도 여하튼 강도를 당하지는 않을 것입니다. 다들 제가 막 강도를 당했다고 생각하니까요.

움직임에 관해서 한 가지 중요한 기술적인 조언을 드리겠습니다. 바로 서두르지 말라는 것입니다. 카메라맨에게 여유를 주십시오. 제임스 캐그니*가 달리기에 관해 이런 조언을 해주었

James Cagney 1899~1986. 미국 뉴욕 태생. 브로드웨이 보드빌 배우로 연기를 시작한 캐그니는 〈공공의 적The Public Enemy〉(1931)에서 냉혹하고 무자비한 갱스터로 출연한 이후 많은 영화에 갱스터로 등장하면서 명성을 날렸다. 그는 작은 키에 평범한 외모를 지녔지만 실제로는 매우 다양한 재능을 가졌다. 〈성조기의 행진Yankee Doodle Dandy〉(1942)에서 춤, 노래, 연기를 선보인 결과 아카데미 남우주연상을 받았다. 1957년 〈천의 얼굴을 가진 사나이Man of a Thousand Faces〉(1957)의 론 채니 역을 맡아 다재다능한 변신술과 연기력을 한껏 과시했다. 할리우드 배우 중 프레드 애스테어를 제외하고는 가장 유연한 리듬감과 몸동작을 가졌다는 평을 듣는다.

스웜 The Swarm
어윈 앨런 감독, AIP/워너브라더스 픽처스, 1978.

습니다. "감독이 저쪽에서부터 카메라를 향해 달려와서 그 뒤로 빠져나가라고 지시하면, 멀리서는 죽어라고 달려오다가, 카메라에 가까이 오면 속도를 줄여야 하네. 그렇지 않으면 화면에서 너무 빨리 사라지는 바람에 도대체 누가 지나간 건지 아무도 알 수 없으니까 말이네."

또 다른 포인트는 이것입니다. 클로즈업을 찍을 때 앉아 있다가 몸을 일으키는 경우, 천천히 일어나십시오. 급격하게 움직이지 마십시오. 그렇지 않으면 화면 밖으로 튀어나갈 테니까요. 달리 말하면 언제나 카메라와 함께 하라는 이야기입니다. 카메라맨이 바퀴를 달고 당신을 쫓아올 수 있도록 말이죠.

많은 배우들이 어떤 신체적 요구에도 부응할 수 있도록 춤을 배우거나 체력을 단련합니다. 물론 육체적 한계 때문에 자신에게는 도전할 기회가 절대 오지 않을 것임을 알고 있는 배우들도 있습니다. 하지만 운동선수급이건 아니건 상관 없이, 자기가 맡은 배역과 관계 있는 만큼은 동작에 대한 감각을 예민하게 만들어야 합니다. 이 영역에서는 불안한 손동작 같은 아주 작은 신체적 표현이 어느 정도 체력을 요구하는 엉덩방아 찧기만큼 효과적일 수 있습니다. 이런 재능을 갖기 위해서 굳이 헬스장에 갈 필요는 없습니다. 오직 필요한 것은 다른 사람들의 행동에 대한 예리한 관찰뿐입니다.

06

캐릭터 창조

"한 인물이 되고자 한다면 무조건 훔치십시오.

보이는 것은 무엇이든 훔치세요.

다른 배우가 만들어놓은 인물 중에서라도 가능하다면 훔치세요.

그러나 그런 경우에는 최고만을 훔치셔야 합니다."

━━━ 대본을 받는 순간부터 앞으로 연기해야 할 캐릭터에 대한 탐색이 시작됩니다. 캐릭터 분석은 단서를 긁어모으는 것과 같습니다. 작가가 약간의 힌트를 주기도 하고, 만약 운이 좋다면 살면서 경험한 것들을 바탕으로 통찰력을 발휘할 수도 있을 겁니다. 맡은 캐릭터와 비슷한 사람을 관찰할 수도 있고요.

제가 〈리타 길들이기〉에서 알코올의존증 환자인 대학 강사 프랭크 역할을 맡았을 때입니다. 물론 단순히 술에 취한 것과 알코올의존증이 서로 다르다는 점은 알고 있었지만, 제가 평소에 알고 지내던 두 사람을 떠올리며 캐릭터를 잡았습니다. 그런데 대학 강사가 어떻게 행동하는지에 대해서는 전혀 개념을 잡을 수 없었습니다(저는 대학 문턱에도 가본 적이 없거든요).

그래서 저는 작가이자 훌륭한 선생인 제 친구 로버트 볼트*에게서 대학 강사 프랭크의 일부를 따왔습니다. 저는 그가 평소에 사람들을 대할 때 어떤 행동을 하는지 알고 있었습니다. 이야기하거나 설명하는 모습을 오래 봐왔기에 그의 습관을 파악하고 있었던 것이지요. 알코올의존증 환자 프랭크로는 다른 친구를 떠올렸습니다. 저와는 레스토랑 동업자이자 알코올의존증 환

Robert Bolt 1924~1995. 영국 태생. 희곡 · 시나리오작가, 감독. 〈아라비아의 로렌스Lawrence of Arabia〉(1962), 〈닥터 지바고Doctor Zhivago〉(1965), 〈사계의 사나이A Man for All Seasons〉(1966), 〈라이언의 딸Ryan's Daughter〉(1970), 〈미션The Mission〉(1986)의 시나리오를 각색하거나 썼다. 이 중 〈사계의 사나이〉는 영국국립극장에서 장기 공연을 한 희곡 작품으로, 작가로서의 역량을 인정받은 작품이다.

리타 길들이기 Educating Rita
루이스 길버트 감독, 콜롬비아 픽처스, 1983. (줄리 월터스와 함께)

자의 진정한 역사적 전유물처럼 행동하는 친구 피터 랭건이지요. 저는 두 사람을 섞어 프랭크를 만들어냈습니다. 피터 랭건이 영화를 보고 말하더군요. "날 참고한 거 맞지?" 맞다고 대답했지요.

한 인물이 되고자 한다면 무조건 훔치십시오. 보이는 것은 무엇이든 훔치세요. 다른 배우가 만들어놓은 인물 중에서라도 가능하다면 훔치세요. 그러나 그런 경우에는 최고만을 훔치셔야 합니다. 비비안 리*, 말런 브랜도, 로버트 드 니로*, 메릴 스트립*이 한 것 가운데 당신의 캐릭터에 맞는 게 있으면 가지고 오세요. 당신이 그들로부터 발견한 캐릭터는 그들 역시 어디선가 훔쳐온 것이기 때문입니다.

Vivien Leigh 1913~1967. 인도 태생. 〈바람과 함께 사라지다Gone with the Wind〉(1939)의 스칼렛 오하라 역으로 인기를 얻었고, 아카데미 여우주연상 수상으로 연기력을 인정받았으며 우리나라에도 잘 알려졌다. 그녀 연기의 진수는 〈욕망이라는 이름의 전차A Streetcar Named Desire〉(1951)에서 금방이라도 부스러질 듯이 섬약하면서도 우아한 블랑쉬 역을 맡으며 빛을 발했다. 아카데미 여우주연상, 베니스영화제, 영국아카데미 영화상을 수상하면서 탁월한 미모와 연기력을 세계적으로 인정받았다. 영국의 뛰어난 연기자인 로렌스 올리비에와의 염문 끝에 결혼한 이야기도 유명하다.

Robert De Niro 1943~ . 미국 뉴욕 태생. 스텔라 애들러, 리 스트라스버그 스튜디오에서 연기 훈련을 받은 그는 처음 오프브로드웨이에서 그리 크지 않은 배역들을 맡아 연기를 시작했다. 그러던 중 마틴 스코세이지의 〈비열한 거리 Mean Streets〉(1973)에서 연기를 하면서 그와 호흡을 맞추게 되고 궁극에는 불가분의 가장 영향력 있는 감독과 배우의 관계로 발전하게 된다. 〈대부 2The Godfather: Part II〉(1974)의 비토 콜레오네 역으로 아카데미 남우주연상을 받으면서 대중적인 인기를 얻는다. 〈택시 드라이버Taxi Driver〉(1976)로 인기가 절정에 올랐으며, 이후 〈분노의 주먹Raging Bull〉(1980)에서 권투 선수 라모타 역을 맡아 아카데미 남우주연상을 두 번째 수상하면서 독보적인 연기자로서의 자신의 위치를 확고히 했다.

최고의 영화배우는 관객들로 하여금 그들이 맡은 캐릭터를 가공해 만들어낸 것처럼 보이게 하지 않고 그 자체가 되는 사람들입니다. 희한한 상황입니다만 영화 속의 인물은 사람이지 배우가 아닙니다. 그러면서도 당신은 한 사람을 연기해야 합니다.

20년 전쯤 〈국제 첩보국〉 촬영 때 시드니 퓨리* 감독이 말하는 소리를 들었습니다. "이 배역에 도축하는 사람이 필요합니다." 그러자 누군가가 고기를 자를 줄 아는 진짜 도축자를 데리고 오면 어떻겠냐고 말했습니다. 퓨리는 "내가 만약 좋은 배우를

Meryl Streep 1949~ . 미국 뉴저지 주 태생. 오페라 가수가 되기 위해 열두 살 때부터 성악 레슨을 받던 그녀는 고등학교 때 무대에 대한 매력을 발견. 바서대학에서 연극을 전공하고 다트머스대학에서 한 학기 동안 극작과 복식디자인을 수강하였으며 졸업 후 예일드라마스쿨에서 공부하면서 유랑 극단에서 연기자로서의 경력을 쌓기 시작했다. 유랑 극단을 떠난 후 뉴욕 브로드웨이에서 테네시 윌리엄스의 〈목화꽃 만발한 27대의 수레〉로 영국 토니상 후보에 올라 주목을 받았으며, 뉴욕 셰익스피어 페스티벌에서 다양한 역할을 해오던 중 〈디어 헌터The Deer Hunter〉(1978)로 아카데미 여우조연상 후보에 올랐으며 전미 비평가 협회 여우조연상을 수상했다. 이후 〈크레이머 대 크레이머Kramer vs Kramer〉(1979)로 아카데미와 골든글로브 여우조연상을 받았으며, 〈소피의 선택Sophie's Choice〉(1982)으로 아카데미와 골든글로브 여우주연상을 받았다. 〈폴링 인 러브Falling in Love〉(1984), 〈아웃 오브 아프리카 Out of Africa〉(1985), 〈매디슨 카운티의 다리The Bridges of Madison County〉(1995), 〈마빈의 방Marvin's Room〉(1996)에서 보여준 넓은 연기의 폭은 그녀의 뛰어난 장점이다. 다른 사람의 목소리와 언어 습관을 그대로 복제해내는 그녀의 능력을 흔히들 타고났다고 말하지만, 타인의 행동이나 언어 습관을 유심히 관찰한 결과라고 본다.

Sidney J. Furie 1933~ . 캐나다 태생. 제작자이자 영화감독. 우리나라에 잘 알려진 작품으로는 〈리타 길들이기〉(1983), 클라크 게이블과 캐럴 롬바드의 연애 사건에 바탕을 둔 〈게이블과 롬바드Gable and Lombard〉(1976), 〈슈퍼맨 IVSuperman IV〉(1987), 〈더 컬렉터The Collectors〉(1999) 등이 있다. 시각적 효과를 통해 정서를 전달하는 것이 특징이라 내용이나 소재가 빈약하다는 평을 듣기도 한다.

구했다면, 나는 진짜 도축자를 구한 겁니다. 내가 만약 진짜 도축자를 구했다면 카메라 앞에 세우는 순간 그는 굳어버릴 거고, 나는 나쁜 배우를 구한 것이겠고요"라고 대답했지요.

당신이 맡은 캐릭터는 실제에 바탕을 두어야 하지, 실제가 어떨 거라는 영화배우다운 기억에 바탕을 두면 안 됩니다. 결국 배우는 자신이 바라던 효과에 대해 책임을 져야 하는 사람이기 때문입니다. 우디 앨런은 뇌종양에 걸린 비극적인 장면에서도 관객을 웃깁니다. 어떤 배우는 바나나 껍질에 미끄러지면서도 관객을 울리고요. 그러나 관객이 '배우 한 명'을 봐서는 안 됩니다. 잔머리 굴리는 것을 보아도 안 되고요. 그들은 자신들과 같은 실제 인물이 서 있는 것을 봐야 합니다.

예전에 제가 유랑 극단에서 술 취한 연기를 했을 때가 기억납니다. 연출가가 제 연기를 멈추게 한 뒤 이렇게 말했죠. "자네는 지금 술 취한 연기를 하고 있는 게 아니네! 술 취한 연기를 하는 배우를 연기하고 있는 것뿐이네. 취한 것을 연기하는 배우는 비틀거리며 말도 흐리지만, 진짜 취한 사람은 바르게 걷고 말도 똑바로 하려 하지……. 취한 사람은 취하지 않은 듯 보이려고 자신을 통제하려고 한다네."

아주 좋은 충고였습니다. 취했을 때를 생각해보세요. 생각과 혀가 잘 연결되지 않을 겁니다. 그걸 연결하는 데 시간이 조금 걸린다는 것도 아시겠지요. 스스로 애써야 합니다. 술 취한 사람들은 반응이 느립니다.

〈리타 길들이기〉에서 프랭크를 연기할 때, 전 머리통을 제어하려 애썼습니다(주정꾼은 턱을 가슴에 박아대니까요). 전 리타에게 취한 모습을 보여주고 싶지 않았거든요. 또한 한 30센티미터는 작아 보이게끔 앉았고요. 왜냐하면 제 근육은 풀린 상태였으니까요. 취한 사람은 어딘지 모르게 작고 불쌍해 보입니다. 프랭크가 주정꾼이라는 점은 비극이었습니다. 경우에 따라서는 재미있어 보이기도 했지만요.

장르에 캐릭터를 가두지 마라

우리 인생은 코미디도, 비극도, 드라마도 아닙니다. 인생이라는 것은 이 셋 모두를 합쳐놓은 혼합물이자 연금술이자 현실입니다. 만약 대본을 어느 하나의 카테고리로 고정시킨다면 당신이 맡은 인물을 한쪽으로만 제한시키는 치명적인 실수를 하는 겁니다.

코미디 영화에서 '웃기려고 애쓴다는 것'은 분명 죽음입니다. 첫째 당신은 실제 남자 또는 여자가 되어야 합니다. 그다음에 바나나 껍질을 밟고 미끄러져야 재미있을 겁니다. 만약 바나나 껍질에 미끄러지는 코미디언을 연기하면 아무도 웃지 않겠지요. 왜냐하면 실제가 아니기 때문입니다.

영화 역사상 스크린에서 실패한 위대한 코미디언들이 널려 있습니다. 그들은 배우가 아니기 때문에 스크린에서 실제의 모습을 보여줄 수 없었습니다. 잭 베니[*]의 희극은 연극 무대에서는 절대 실패한 적이 없습니다. 그런데 스크린에서 보여주었을 때는 적막뿐이었습니다. 이유가 무엇일까요? 그가 웃기는 상황을 만난 진짜 인물 대신 재미있는 코미디언을 연기했기 때문입니다.

연극에서의 경험을 코미디 영화에 차용하고 싶을 때 가장 좋은 방법은 웃음의 타이밍입니다. 코미디 영화에서 연극배우는 무대 노하우를 살려 특별한 도움을 줍니다. 왜냐하면 그들은 현장 공연을 통해 관객이 웃음을 터뜨리는 타이밍에 대한 탁월한 감각을 갖고 있기 때문이지요. 저는 리허설 때 스태프들이 처음 제 연기를 보고 어떻게 반응하며 웃었는지에 따라 웃음의 타이밍을 설정합니다.

영화 속 캐릭터는 살아 있는 사람입니다. 그 사람을 정형화시키고자 하는 유혹을 극복해야 합니다. 존 포드[*] 같은 초창기 영화감독들은 정형화된 캐릭터를 갖고도 잘 해냈습니다(예를 들어 포장마차 요리사는 항상 취해 있었지요). 그러나 요즘 영화에서 그런 것을 시도하면 관객의 불신을 야기합니다. 캐릭터를 구축하려

Jack Benny 1894~1974. 미국 일리노이 주 태생. 미국의 유명한 코미디언. 미국 코미디계의 대부라고 불릴 만큼 영향력이 지대하다. 자니 카슨은 항상 존경하는 코미디언으로 그를 언급했다. 잭 베니 코미디의 특성을 꼽자면 정확한 시간성이라 할 수 있다. 코미디를 흔히 시간과 템포의 싸움이라고 하는데, 시간과 템포를 이용해 사람들의 웃음을 끌어내던 그의 코미디 정법은 아직도 후배 코미디언들의 교과서가 되고 있다.

할 때 질을 따지고자 한다면 뻔한 것들은 가능한 한 피하십시오.

한 영화 평론가가 〈리타 길들이기〉와 〈마이 페어 레이디 My Fair Lady〉를 비교했습니다. 두 영화 모두 주인공 여성이 선생의 가르침에서 벗어나면서 마음과 언어에 변화를 겪기 때문입니다. 〈마이 페어 레이디〉에서 엘리자는 히긴스 교수와 사랑에 빠집니다. 〈리타 길들이기〉에서 리타와 프랭크가 서로에게 빠진다는 유혹적인 클리셰cliche(진부하고 상투적인 표현 – 역자)를 따랐다면 쉬웠을 수도 있습니다. 그러나 대본에서는 이런 점을 찾아볼 수 없었습니다. 프랭크와 리타가 사랑에 빠진 것이 강하게 느껴짐에도 불구하고 절대 그것을 겉으로 드러내는 부분도, 그럼직한 반응도 없었지요. 관객이 〈리타 길들이기〉의 원형을 찾고자 한다면, 그 모델은 〈블루 앤젤The Blue Angel〉에서 에밀 야닝스*가 연기한, 소녀와 어쩌지 못하고 쩔쩔매는 슬픈 인물일 것입니다. 관객(평론가인 관객을 제외하고)이 인물에 관한 설명이나 이해를 구하려면 다른 데서 찾기보다 지금 보고 있는 영화 속에서 찾아야 합니다.

어떤 인물을 구축하기 위해 세부적인 디테일을 훔칠 요량이라면 먼지 풀풀 나는 유형화된 인물 말고, 실제적인 것을 훔치십시오. 〈블루 앤젤〉에서 야닝스가 맡은 인물은 〈리타 길들이기〉에서 프랭크에게 적합한 실제적인 요소를 지니고 있었기에 캐릭터 중 일부를 훔쳐왔습니다. 저는 체중을 15킬로그램가량 불렸고 수염을 길렀습니다. 리타가 이런 뚱뚱한 주정뱅이에게 성적 매력을 느낄 가능성이 전혀 없어 보이기 때문이지요. 그렇다고 해서 제가 〈블루 앤젤〉에서 훔쳐온 것을 알아채는 이는 아무도 없을 겁니다. 왜냐하면 프랭크와 히긴스 교수가 닮지 않은 정도보다 야닝스와는 더욱 닮지 않았거든요. 프랭크는 유일한 존재였습니다.

John Ford 1894~1973. 미국 메인 주 태생. 아일랜드에서 이주한 이민 2세로, 고등학교 졸업 후 할리우드로 건너갔다. 소품실 일부터 스턴트맨에 이르기까지 온갖 잡역들을 하다가 D. W. 그리피스의 〈국가의 탄생The Birth of A Nation〉(1915)에서 엑스트라로 등장하기도 했다. 40년간 수많은 영화를 감독한 감독으로서의 그의 영화 철학은 서부극에서 잘 드러난다. 존 웨인이나 헨리 폰다가 맡았던 캐릭터들을 보면, 주로 사회 부적응자나 소외자이지만 그것은 그 캐릭터들이 추구하는 지향점이나 이상을 고집하면서 남과 타협하지 않는 외곬적인 기질의 결과다. 존 포드의 영화에는 과거 개척시대 정신에 대한 향수와 애착이 담겨 있으며, 말보다는 행동을 통해 그가 추구하는 목표점에 도달한다. 대표작인 〈역마차Stagecoach〉(1939), 〈분노의 포도The Grapes of Wrath〉(1940), 〈머나먼 항해The Long Voyage Home〉(1940), 〈황야의 결투My Darling Clementine〉(1946), 〈말 없는 사나이The Quiet Man〉(1952) 외에도 수많은 작품을 40여 년간 제작, 감독하였다. 또한 미 국방성의 의뢰로 한국전쟁을 다룬 2편의 다큐멘터리를 만들기도 했다. 그는 개척기 미국을 가장 많이 담아낸 감독일 것이다. 《플레이보이》 인터뷰에서 가장 존경하는 영화감독을 묻는 질문에 오슨 웰스가 "옛날의 거장들 (…) 존 포드, 존 포드, 그리고 존 포드"라고 말한 바 있다.

Emil Jannings 1884~1950. 스위스 로르샤흐 태생. 베를린 막스 라인하르트 극장 무대에서 인정받은 연기력을 영화로 확장시켜 성공한 배우. 특히 마를레네 디트리히와 함께한 〈푸른 천사Der Blaue Engel〉(1930)에서 거만하고 타협을 모르는 독일인 라트 교수가 롤라(마를레네 디트리히)를 만나 사랑의 노예가 되어 스스로 타락하는 연기를 해 일약 스타가 되었으며 이 연기는 불후의 명연기로 회자된다.

스웜 The Swarm
어윈 앨런 감독, AIP/워너브라더스 픽처스, 1978. (캐서린 로스와 함께)

러브신

성적 유혹에 대해 이야기해보지요. 러브신은 배우에게 종종 특별한 기술적 문제를 안겨줍니다. 캐릭터를 설정하는 것에서 한발 더 나아가 많은 것을 극복해야 합니다.

다들 카메라 앞에서 전혀 모르는 사람과 사랑을 나누는 게 어떨지 궁금해 합니다. 실제로 촬영에 들어가기 전에 술 한잔 나누면서 어울리는 것이 좋을 것 같습니다만, 제 생각에 그것은 그야말로 재앙입니다. 촬영 전날 밤부터 서로 친밀감을 나누기 시작할 수도 있겠지요. 그러다 촬영이 반도 진행이 안 되었는데 사이가 나빠져 서로 말도 안 하게 됩니다. 영화 속 로맨스는 아직 진행 중인데도 말이지요.

러브신에 관해서 저는 매우 직업적으로 다가갑니다. 이것은 직업이고, 우리 둘이 벌거벗고 누워야 하는 상황입니다. 그전에 한 번도 만난 적이 없어도 괘념치 않습니다. 실제로 완전히 벌거벗는 경우는 거의 없습니다. 그러나 매우 친밀하게 정을 나누는 위치에 있기도 하고 물론 키스도 제대로 해야겠지요.

어색함에서 벗어나기 위한 제 나름의 해결책은 상대 여배우에게 거침없이 농담을 던지는 겁니다. 그러면 그 여배우는 제가 그 장면에서 무언가 시도하고 있지 않다는 인상을 가질 테지요. 감독이 "컷"을 외치는 순간 상대 여배우에게 실제로는 어떠한 열정도 없었다는 점을 보여주려고 또다시 열심히 농담을 합니다. 그런 장면들은 당혹스럽기 그지없지만, 사랑을 나누는 장면 촬영에 있어 감정 이입이 전혀 없었다는 점을 여배우에게 은연중 알리는 거지요.

여배우에게도 문제가 있을 겁니다. 생판 모르는 남자가 자기 엉덩이를 쓰다듬게 내버려둘 수 있는 마음가짐을 갖추고 있어야 하지요. 그러나 사실 이 모든 것이 직업의 일부라고 생각하면 수줍음이 생길 틈이 없습니다. 여기서 재미있는 것은 감독들이 당신에게 직접 연기를 해 보이는 유일한 경우가 러브신이라는 겁니다. 갑자기 감독은 여배우를 정확히 어떻게 잡아야 하는지 당신에게 몸소 실연해줍니다.

이런 환경에서 인생을 보다 즐겁게 만들어줄 여러 사람을 위한 실용적인 묘안이 있습니다. 저는 항상 구강 청정 스프레이를 휴대합니다. 러브신 직전 재빨리 입에 뿌리지요. 그러면 여배우가 "그게 뭐예요?"라고 묻습니다. 그러면 "한 번 맛보실래요?" 하고는 그녀에게도 뿌려줍니다. 그러고 나면 우리 둘 다 부딪쳐야 할 문제를 쉽게 극복할 수 있지요.

직업적인 태도를 확실히 했음에도 불구하고, 로케이션 현장에 몰려든 인파 속에서 러브신을 촬영하는 것은 여전히 당황스러운 일임에 두말할 나위가 없습니다. 화면 밖의 훼방꾼들을 물리치고 온 정신을 집중해야 하니까요. 〈알피〉에서 노팅힐 게이트(드라마 애청자가 그나마 덜 몰려 있는 장소)로 달려가 "자기! 돌아와! 사랑해!"라고 소리쳤지요. 길 위에 몰려든 사람들이 제게 야

왕이 되려던 사나이 The Man Who Would Be King
존 휴스턴 감독, 얼라이드 아티스츠, 1975.

행복한 방황 The Romantic Englishwoman
조지프 로지 감독, 인디펜던트, 1975. (나탈리 드롱과 함께)

유를 보내기 시작했습니다. 감독은 후시녹음을 할 테니 소리에는 신경 쓰지 말라고 했습니다. 그래서 저는 우리를 둘러싸고 벌어지는 난리통 속에서도 "돌아와, 돌아와. 당신을 사랑해"에만 집중하려 노력했습니다. 그저 모든 것을 막아버리세요. 당신이 바보같다고 느껴지는 순간, 바보 같이 보일 것입니다. 집중하고 막아버리고 긴장을 푸세요. 물론 그게 말처럼 쉬운 일은 아닙니다.

〈죽음의 게임Deathtrap〉(1982)을 촬영할 때 일입니다. 크리스토퍼 리브Christopher Reeve와 키스해야만 하는 장면이 있었습니다. 그는 저보다 컸고, 솔직히 말해 저는 그전까지 아버지 이외의 어떤 남자와도 키스해본 적이 없었습니다. 그 과제를 치러내기 위해 스스로 마음을 다잡는 건 너무 힘든 일이었습니다. 그 상황에서 농담이 어느 정도는 저를 구제해주었지요. 저는 크리스토퍼에게 "만일 입을 벌리면 죽여버릴지도 몰라"라고 말했습니다. 크리스토퍼와 저는 기술적이나 정서적으로 이 문제를 해결할 수 없어서 결국 브랜디 한 병을 나눠 마셔야 했습니다.

롤모델과 연구 그리고 당신

어떠한 캐릭터를 사실적인 인물로 살아나게 할 때, 당신은 당신의 일부나 역할 모델, 즉 롤모델의 한 부분을 이용할 것입니다. 알피라는 캐릭터가 제 개인적인 성격과 흡사하다고 생각하는 사람들이 많습니다. 그러나 제가 이해하는 한, 알피와 저는 닮지 않았습니다. 저는 어린 시절 친한 친구이던 짐 슬레이터를 토대로 알피라는 캐릭터를 만들어냈습니다. 저는 어느 여자와도 쉽게 가까워질 수 없는 성격인데, 짐은 모든 여자와 두루두루 친하게 지냈습니다. 그가 항상 무척 피곤해했다는 걸 제외하면 그 캐릭터에 완벽히 들어맞았던 셈이지요.

또한 카메라를 직접 쳐다보며 대사를 할 때에도 저는 짐에게 하듯이 그 친구를 한 인물로 만들어 대화를 나눴습니다. 일반적으로 배우가 카메라 렌즈를 똑바로 쳐다보면 매우 이상하다는 느낌을 주게 됩니다. 실제 상황을 엿본다는 환상을 영화 제작자가 깨버리는 것이기 때문이지요. 그러나 〈알피〉에서 제 캐릭터는 마치 연극에서 자기가 처한 극중 상황에서 벗어나 관객에게 직접 대사를 하는 방백처럼, 카메라를 통해 관객에게 이야기했습니다.

사실 처음 카메라를 보고 이야기할 때 저는 많은 관객을 앞에 둔 것처럼 연기했습니다. 그러자 길버트 루이스Gilbert Lewis 감독이 말했습니다.

"컷! 카메라에 가까이 와서 이야기하게. 자네가 한 사람한테만 이야기하듯이 말해야 관객들 하나하나가 자기에게 개인적으로 말하고 있는 것으로 느낄 테니 말이야."

그래서 저는 그 순간 짐에게 이야기하는 것처럼 연기했습니다. 우리는 매우 친밀했고, 짐은 제가 하는 말을 매우 흥미로워했습니다. 짐은 알피가 여성의 엉덩이에 손을 올리고 "이 여자 상태가 아름다워"라고 말하는 것을 특히 좋아했을 겁니다. 짐이 이 표현을 즐겨 썼기 때문이지요. 짐이 좋아해줄 것이라는 신뢰감은 관객들의 호응을 얻어내는 데 제게 큰 지침이 되었습니다. 물론 관객들이 알피의 행각을 받아들이지는 않더라도 말입니다.

당신과 당신이 연기해야 할 캐릭터 사이에 아무런 공통점을 찾을 수 없는 경우도 있습니다. 〈행복한 방황The Romantic Englishwoman〉(1975)에서 저는 실제 삶에서 만났으면 경멸했을 법한, 실제 제 성격과 반대되는 캐릭터를 맡았습니다. 그는 능률적인 행동과는 전적으로 거리가 먼 사람이었습니다. 지금 제가 완전한 행동가라는 의미는 아니지만, 아무리 최악이어도 그 정도로 무기력하지는 않습니다. 저는 자신의 인생이 파국으로 치닫는데도 그에 대해 어떠한 행동도 취하지 않는 사람을 맡게 된 것입니다. 그 캐릭터는 주식 중개인들이 모이는 호화로운 동네에 살고, 위선적인 지성인과 어울리며, 낭만적인 모험을 하겠다며 떠나는 부인을 막을 생각이 전혀 없는 부유한 소설가입니다. 그 캐릭터와는 화학적인 결합이 불가능하더군요. 사소한 것 하나조차 제 성격과는 맞지 않았으니까요.

그러나 캐릭터에 대한 판단이 내려졌다면 거기에 완전히 매달려야 합니다. 실제 삶에서 사람들은 항상 자기 행동을 합리화합니다. 그래서 저도 이 캐릭터의 행동에 대한 원인을 밝혀야 했지요. 결국 저는 이 캐릭터에 푹 빠져 즐겼습니다. 제 성격을 완전히 죽이고 새로운 인물을 탄생시켜서 말입니다. 만약 제가 북쪽으로 가고 싶으면 제 캐릭터는 남쪽으로 가게 했습니다. 제가 볼 때 생소한 행동을 그가 한다면, 그 행동이 그에게는 맞는 것이라고 판단했습니다.

역사물에서는 그 인물에게 어떤 것이 실제적인지를 찾는 연구가 매우 중요한 지표가 됩니다. 보통 다른 시대나 장소에서 사람들이 어떻게 행동했을 것이라는 정형화된 견해를 갖고 있곤 하죠. 그러나 실제로 연구해보면 그 유형과 거리가 멀다는 것을 알게 되고, 이런 발견은 배우로서의 삶을 보다 흥미롭게 만들어 줍니다.

예를 들어 저는 〈줄루〉에서 유약한 최상류층의 빅토리아 시대 관리로 캐스팅되었습니다. 당시 저는 역할 분석을 할 때 극단적인 제안을 할 만큼 힘 있는 위치에 있지 못했습니다. 겨우 배역을 따냈기 때문이지요. 애초에는 런던 토박이 말을 쓰는 사병 역으로 오디션을 봤는데 그 역할은 이미 캐스팅이 된 상태였습니다. 그럼에도 제가 키가 크고 피부가 하얘서 뽀샤시한 영국인으로 보였던 탓에 사이 엔드필드 감독이 상류층의 악센트를 구사할 수 있냐고 물었던 것입니다. 저는 재빨리 이튼 억양으로 "그럼요, 엔드필드 씨. 수년간 해왔는걸요"라고 대답했지요.

감독은 제게 여러 스크린테스트를 거치게 했습니다. 그동안 공포는 절정에 이르렀습니다. 다음 날 파티에서 저녁 내내 저를 본체만체하던 감독이 다가와서는, "내 인생에서 봤던 것 중 제일 끔찍한 스크린테스트였네"라고 말하더군요. 그래서 '그래,

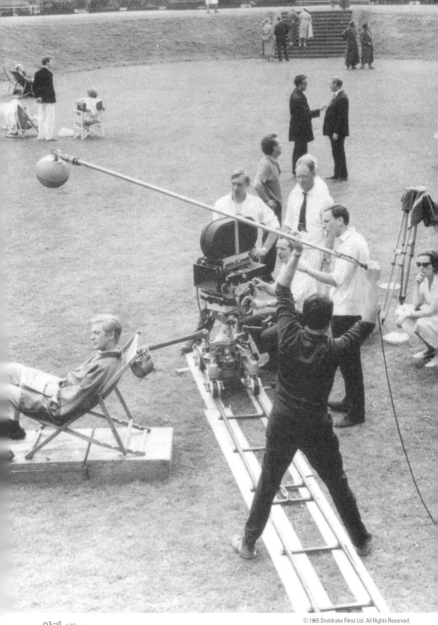

알피 Alfie
루이스 길버트 감독, 패러마운트 픽처스, 1966. (로케이션에서)

리오의 연정 Blame It on Rio
스탠리 도넌 감독, 20세기폭스 필름, 1983. (미셸 존슨과 함께)

떨어졌구나'라고 생각했습니다. 그런데 그가 계속해서 이야기했습니다. "그렇지만 우리는 내일 이곳을 떠야 하고 더 이상 누구를 볼 수 있는 상황이 아니니 자네에게 그 배역을 주겠네."

사이 엔드필드와 프로듀서이자 배우인 스탠리 베이커 Stanley Baker는 제가 맡은 캐릭터인 곤빌 브롬헤드 중위를 전쟁을 운동장에서 게임하는 것쯤으로 여기는 어리석은 사람으로 인식했습니다. 스탠리는 자신이 맡은 캐릭터와는 대조적으로, 제 캐릭터를 큰소리만 떵떵 치지 실상은 비리비리한 상류층 인물로 그리고자 했지요.

그런데 때마침 저는 채링크로스 거리에 위치한 헌책방에서 실제 브롬헤드 중위의 사진이 실린 역사책을 발견했습니다. 그는 키가 170센티미터 정도 되었고, 검은 턱수염을 길렀으며, 무엇보다 그들이 상상하던 멍청하고 나약한 관리와는 완전히 거리가 멀었습니다.

저는 그 사진을 스탠리 베이커에게 보여주며 이야기했지요. "자, 스탠리. 결국 끝에 가면 당신의 캐릭터가 제 캐릭터를 제압한다는 걸 알아요. 그게 줄거리니까요. 그렇지만 강하고 자신감 있는 사람을 제압하는 것이 '에~ 이봐, 친구들 어쩌고' 하는 약질들을 제압하는 것보다 낫지 않을까요? 약질로 나올 경우 누구든지 척 보기만 하면 스탠리 베이커가 찍소리도 못 하게 하겠구나 생각하지 않겠어요? 제 캐릭터가 힘이 없다면 인물간의 충돌이 일어나지 않을 테고요."

베이커와 엔드필드가 심사숙고하더니 제 생각에 동의하더군요. 그래서 브롬헤드 중위를 대본에 씌어 있는 것과 다르게 연기해도 좋다는 허락을 받았습니다. 그리고 이 역이 제가 처음으로 맡은 가장 큰 배역이었습니다. 그로 인해 적어도 우리는 흔히들 생각하는 전형적인 빅토리아 시대의 관리에 대한 편견을 바로잡을 수 있었고요.

1888년 러디어드 키플링Rudyard Kipling이 쓴 이야기를 각색한 영화 〈왕이 되려던 사나이The Man Who Would Be King〉(1975)는 시대적 배경에 대한 지식이 꼭 필요한 작품이었습니다. 존 휴스턴* 감독이 오랜 기간 찍고자 노력했던 영화지요. 사실 휴스턴 감독이 저와 숀 코너리가 맡은 역할에 원래는 클라크 게이블*과 험프리 보가트를 캐스팅하고 싶어 했다는 것을 알고 조금 움찔했더랬지요. 저는 피치 역에 캐스팅되었고 숀은 대니 역할을 맡았습니다. 우리는 빅토리아 여왕 군대의 하사관이었고, 현재 인도에서 무기 밀매를 하며 외딴 히말라야 요새에서 왕으로 추대받을 계획을 짜고 있는 일종의 사기꾼이었습니다.

휴스턴은 우리가 빅토리아 시대의 사회상을 담아낼 것을 원했습니다. 따라서 우리는 촬영에 들어가기에 앞서 시나리오에 대해 토론하며 며칠을 보냈습니다. 예를 들어 피치는 아무 이유 없이 인도인을 달리는 기차 밖으로 집어던져야 했습니다. 현대인의 시각으로 볼 때는 말도 안 되는 야만적인 행위죠. 그러나 빅토리아 시대를 기준으로 판단해보면 본토인에 대한 고압적인 자세가 일반적인 기준이었습니다. 게다가 피치와 대니는 현재 남아프리카공화국의 인종차별에 비견할 만한 계급차별이 있던 영국에서 노동자 계층의 일원으로 자신들이 수모와 모욕을 당한 바도 있었고요. 그래서 저는 인도인을 기차 밖으로 미는 장면에서 피치 또한 영국 상류 계층의 누군가에 의해 자기도 차창 밖으로 던져질 수 있다는 생각이 들었을 거라 판단했습니다.

사람들은 우리가 또 다른 〈내일을 향해 쏴라〉*의 아류작을 만들고 있다고 말했습니다. 그러나 우리는 아니었습니다. 흉내 내기 게임에 참여하는 것은 별로 좋은 것도 아닌 데다 우리가

John Huston 1906~1987. 미국 로드아일랜드 주 태생. 아직까지도 할리우드 수사극의 최고작이라 회자되는 〈말타의 매The Maltese Falcon〉(1941), 탐욕과 인간관계를 남성들의 야성을 통해 잘 드러냈다는 찬사를 받고 전미 비평가 협회 감독상, 아카데미 감독상과 각본상을 쥐여준 〈시에라 마드레의 황금The Treasure of the Sierra Madre〉(1948), 대도시 범죄 드라마의 고전이라 불리는 〈아스팔트 정글The Asphalt Jungle〉(1950)을 비롯해 〈아프리카의 여왕The African Queen〉(1951), 〈왕이 되려던 사나이〉(1975) 등 수많은 걸작들을 쏟아낸 거장 감독이다.

Clark Gable 1901~1960. 〈바람과 함께 사라지다〉(1939)의 레드 버틀러 역으로 제일 잘 알려진 배우. 잘생긴 외모와 남성다움 때문에 흔히 '할리우드의 제왕The King of Hollywood'으로 불리기도 했다. 실제로는 어렸을 때 목소리의 톤이 하도 높고 여자 같아서 마침 그에게 흥미를 가졌던 극단의 대표 조지핀 딜런이 연기, 목소리 훈련을 시킨 결과 깊고 울림 큰 목소리로 대사를 할 수 있었다고 한다. 14년 연상이던 딜런과 결혼한 후 할리우드로 와서 우여곡절 끝에 MGM과 계약을 하면서 미래가 촉망되는 배우로 성장할 수 있었다. 지성미와 유머를 지닌 여배우인 캐럴 롬바드와의 연애 사건으로 할리우드 스캔들의 중심에 놓였지만, 결국 그녀와 재혼해 그의 일생 중 가장 행복했던 시기를 보냈다. 하지만 롬바드가 비행기 추락 사고로 사망하자 슬픔에 빠져 공군에 자원했고, 제대 후에도 상실감을 회복하지 못한 채 연기자로서 사양길을 걸었다.

얻는 거라곤 빛바랜 복사본일 뿐이니까요. 숀과 저는 명콤비가 되기로 재빨리 결론을 내리고 상부상조하기로 했지요. 그래서 영화를 위해 철저하게 공조했습니다.

우리는 선택을 했습니다. 서로를 완벽히 밀어내고 개인적인 클로즈업을 찍기도 했고, 아주 흥미로운 대사를 할 때면 서로를 클로즈업시키려 애쓰는 등 전체적으로 영화의 질을 향상시켰습니다. 연기를 하는 데 있어 다른 어떤 배우와도 경험하지 못한 완벽한 관계였지요. 우리는 서로에게 모든 시간을 내주었습니다. 이 모든 것이 그 캐릭터가 되는 것을 무척이나 용이하게 해주었고요.

거장 존 휴스턴 감독 역시 지대한 도움을 주었습니다. 단 한 문장으로 제가 맡은 캐릭터를 확실히 말해주었지요. 한 이틀쯤 촬영을 하고 있는데 휴스턴 감독이 말했습니다. "컷! 마이클, 말을 좀 더 빨리 하게. 그는 정직한 사람이야." 제가 느리게 말하고 있었기 때문에 무엇을 노리는 사람처럼 보였던 겁니다. 휴스

Butch Cassidy and Sundance Kid 1969. 조지 로이 힐 감독. 폴 뉴먼과 로버트 레드퍼드, 캐서린 로스가 주연했다. 은행과 기차를 털던 부치 캐시디와 선댄스 키드의 우정. 경찰에게 쫓기는 급박한 상황에서 벌어지는 묘한 삼각관계가 펼쳐진다. 이들은 볼리비아라는 낯선 곳으로 내몰리면서 결정적인 순간을 맞게 된다. 언어도 지리도 풍습도 모르는 이들에게 볼리비아라는 지역이 낯선 만큼 본인들이 통제할 수 있는 상황도 낯설어지면서 그 낯선 곳에서 최후를 맞는다는 내용이다. 로버트 레드퍼드는 1978년 미국 솔트레이크시티에서 이 영화에서 자기가 맡았던 주인공의 이름을 따서 독립영화 중심의 선댄스 영화제를 만들어 지금까지 주목받는 영화제로 이끌고 있다. 폴 뉴먼과 로버트 레드퍼드 콤비의 호흡은 1973년 로이힐 감독과 함께 〈스팅The Sting〉을 성공시키면서 다시 한 번 입증되기도 했다.

10억 달러짜리 두뇌 *Billion Dollar Brain*
켄 러셀 감독, 유나이티드 아티스츠, 1967.

턴의 관찰은 정확했습니다. 정직한 사람은 빠르게 말하는 법이죠. 왜냐, 계산할 시간이 필요 없거든요.

촬영한 지 3일이 지나자 휴스턴 감독은 더 이상 우리를 손이나 마이클로 부르지 않고 대니와 피치로 불렀습니다. 26년 이라는 세월 동안 작품을 끌어안고 대본을 공저한 베테랑 감독은 우리에게—대사 수정을 허락해주었다기보다—대사 수정을 적극 요청하기도 했습니다.

07

배우로서의 몸가짐

"만약 당신이 어떤 이유에서든지
화를 내고 소리를 지르면 바보처럼 보이고,
스스로 바보처럼 느낄 것이며,
모든 사람들의 신뢰를 잃을 것입니다."

이기적인 배우들

배우들은 거의 예외 없이 서로를 돕습니다. 영화판에서 갑자기 활동을 중단하는 사람의 명단은 적을 만들거나 속임수를 잘 쓰는 사람의 명단과 일치합니다. 그런 행동들은 대부분 성공하지 못합니다. 대장격인 감독이 훤히 꿰고 있기 때문이지요. 감독은 무엇이 수상쩍은지, 누군가를 골탕 먹이는 사람이 누군지 다 알고 있습니다. 모든 것을 보고 영화에서 중도하차시키겠지요. 만일 감독의 눈을 피했더라도 관객들은 은연중에 낌새를 알아챕니다. 그들은 어느 누가 어떤 비열한 행동을 한 건지 정확히 알지 못하더라도 직감으로 "저 배우는 싫어"라고 말합니다.

지저분하게 비열한 행동을 하는 배우들은 눈에 확연히 띕니다. 연극 무대의 안쪽을 차지하는 사람처럼 슬금슬금 뒤쪽으로 이동해 자기를 상대하는 다른 배우들이 카메라를 등지게끔 합니다. 그런가 하면 장면을 훔치는 사람도 있습니다. 긴장되는 순간에 머리를 돌린다거나 손을 살짝 움직임으로써 초점을 훔치는 사람입니다.

장면을 끄는 배우는 보다 섬세합니다. 리허설을 할 때 설정해놓은 속도를 조금 늦추거나, 좀 더 정지해 있기도 하고, 말을 머뭇거리는 등 자신이 카메라에 잡히는 시간을 조금이라도 늘리면서 장면을 탐하는 것이지요. 소수의 배우들이 이런 유혹에 넘어가는데 감독은 이를 절대 용납하지 않습니다. 이따금 다른 배

머나먼 다리 A Bridge Too Far
리처드 애튼버러 감독, 유나이티드 아티스츠, 1977.

우가 이런 수법을 사용하려 할 때 제가 권하는 방법은 같은 수단으로 맞대응하는 것입니다. 대부분은 이 방법이 신통하게 잘 듣더군요.

평정심

장기 촬영 중에 다른 사람들의 기분에 휘둘리다보면 평정심을 유지하기가 어려울 겁니다. 기분에 따라 행동하도록 자신을 내버려둔다면 그 책임은 오로지 당신이 져야 합니다.

〈마구스The Magus〉(1968) 촬영 중의 이야기입니다. 앤서니 퀸* 본인과 그랬다기보다는 앤서니 퀸의 추종자들과 제가 정면으로 붙은 적이 있습니다. 우리는 매일 그의 광팬들로부터 "오늘은 앤서니의 기분이 매우 좋습니다"라든가 "조심하세요. 오늘 앤서니의 기분이 매우 안 좋거든요" 같은 전갈을 받았습니다. 어

Anthony Quinn 1915~2001. 멕시코계의 혈통을 이어받은 앤서니 퀸은 아카데미상을 2회 수상한 경력이 있는 개성파 연기자이다. 특히 펠리니 감독의 〈길La Strada〉(1954)에서 줄리에타 마시나와 함께했던 잠파노 역으로 잘 알려져 있다. 〈나바론 요새The Guns Of Navarone〉(1961), 〈노트르담의 꼽추Notre Dame De Paris〉(1956), 〈아라비아의 로렌스Lawrence Of Arabia〉(1962), 〈희랍인 조르바Alexis Zorbas〉(1964) 등도 우리에게 잘 알려진 작품이다. 인디언부터 아랍, 히스패닉 등 다양한 인종의 인물들을 많이 맡았으며 〈혁명아 자파타Viva Zapata〉(1952), 〈열정의 랩소디Lust for Life〉(1956)로 아카데미 조연상을 수상한 퀸은 토속적이고 거칠고 남성적인 인물들을 잘 소화하며 1960년대 전성기를 보냈다. 작가와 화가로도 활동을 하면서 개인 갤러리에서 개인전을 몇 차례 가질 만큼 화가 생활도 즐겼고, 한때는 프랭크 로이드 라이트 밑에서 건축 설계를 배우며 수습생을 하기도 했다.

느 날 제가 대뜸 "제 기분이 어떤지 그가 물어보던가요?"라고 물었지요. 그랬더니 추종자 중 한 명이 "왜 그분이 그걸 물어야 하죠?"라고 반문하더군요. 그래서 대답했습니다. "왜냐고요? 제가 다음 비행기를 타고 집에나 갈까 하거든요." 그러고 나서 저는 공항으로 갔습니다. 그들이 설득해서 돌아오기는 했지만 제가 원하던 핵심은 얻어냈습니다.

저는 다른 사람의 연기를 방해하는 행위를 절대 용납하지 못합니다. 여러분은 자신에게 주어진 것만 열심히 하면 됩니다. 다른 사람의 몫은 감독에게 맡겨두십시오. 감독은 당신이 미처 생각하지도 못한 특징을 잡아낼 수도 있고 전혀 상상하지 못한 방법으로 편집할 수도 있습니다. 다른 배우가 무엇을 하든, 대사를 멈추든 날려먹든, 당신은 그 장면을 올바르게 끝까지 해내거나 대장이 "컷"이라고 외칠 때까지 계속하시기 바랍니다.

보험

보험이라고 말하면 세속적으로 들릴 수도 있을 겁니다. 영화 연기와 보험이 무슨 관계냐고요? 자, 세트장에서는 스크립터가 매 순간 일어나는 모든 일들을 자세히 기록합니다. 물론 촬영이 지연되는 이유도 포함되지요. 예를 들어 '비가 왔다' 또는 '문고리가 떨어졌다'라는 식입니다. '배우 ○○가 한 시간 지각했다'라는 것도 적습니다.

발자국 Sleuth
조지프 L. 맹키위츠 감독, 20세기폭스 필름, 1972. (로렌스 올리비에와 함께)

촬영이 예상 시간을 넘겨서 예산을 초과하면 제작자는 보험회사로 달려갈 것이고, 보험회사는 콘티 기록을 보여달라고 합니다. 그 기록에 당신 이름이 자주 등장하면 다음 일을 찾기 어려워지게 됩니다. 당신이 아무리 유명 배우라 해도 마찬가지입니다. 영화 역사를 들여다보면 보험 불가 명단을 어지럽게 채운 사람을 발견할 수 있습니다. 영화사에서 가장 뛰어난 재능을 가진 오슨 웰스도 제 시간에 촬영을 마치지 못한 결과, 투자받는 데 어려움을 겪었죠.

스턴트

영화는 흔히 배우에게 엄청난 신체적 노력을 요구합니다. 그러나 스턴트 장면 전부를 자기 혼자 스스로 해낸다고 말하는 배우가 있다면 새빨간 거짓말쟁이입니다. 보험회사는 대부분 배우가 몸소 스턴트 연기를 하는 것을 막습니다. 그러다 당신이 머리라도 다치면 보험회사 직원도 덩달아 머리가 아파지거든요.

물론 영화에 따라 신뢰를 주기 위해 당신에게 특정 기술을 요구할 수 있고, 경우에 따라 적잖이 곤혹스러울 수도 있지요. 배우라면 말을 타본 적이 없을지라도 말 위에서 멋있게 보여야 합니다. 적어도 카메라가 돌아갈 때만이라도 말입니다. "컷!"이라는 말이 떨어진 지 5초 만에 말에서 떨어질 수도 있습니다.

저는 〈포세이돈 어드벤처 2Beyond the Poseidon

Adventure〉(1979)에서 스쿠버다이빙을 배워야 했습니다. 저는 폐소공포증 때문에 해낼 수 있을 거라고는 전혀 생각해본 적이 없습니다. 그러나 해냈습니다. 만약을 대비해서 전문 다이버가 항시 대기하고 있었습니다. 제가 손만 들면 저를 수면으로 끌어 올리기 위해서이지요. 저로서는 화장실에 잠시 다녀오는 것 같았습니다.

중요한 것은 어디에 경계선을 긋느냐 입니다. 필요에 따라서 거부할 수 있어야 합니다. 결국 당신 자신이 당신의 상품인 것입니다. 당신의 몸과 얼굴이 내놓을 수 있는 전부입니다. 그러니 그것들을 잘 돌봐야 하는 거죠.

핀란드에서 로케이션을 한 〈10억 달러짜리 두뇌Billion Dollar Brain〉(1967) 촬영 당시 켄 러셀* 감독은 저에게 얼음구덩이에 뛰어들 것을 요구했습니다. 저는 핀란드인인 제 대역에게 가서 이야기했습니다. "보너스를 더 받고 싶지 않아요? 사우나에서 몸을 데운 다음 얼음구덩이로 뛰어들어주세요." 그러자 그가 절 보고 "뭐라고요?"라고 반문하더군요. 저는 "알잖아요. 핀란드인들이 하는 것처럼"이라고 말했고요. 그러자 그가 하는 말이 "핀란드인은 그렇게 하지 않아요. 우리도 심장마비에 걸린다고요."

Ken Russell 1927~2011. 영국 태생. D. H. 로렌스의 소설을 영화화한 〈사랑하는 여인들Women in Love〉(1969), 차이코프스키의 전기적 이야기인 〈뮤직 러버The Music Lovers〉(1970), 〈무지개The Rainbow〉(1989) 등으로 알려져 있다.

그러더니 그 역시 거절하더군요.

〈아일랜드The Island〉(1980)를 촬영할 때는 몇 시간 동안 촬영을 지연시킨 적도 있습니다. 바다에 상어가 있었기 때문에 물속에 들어가기를 거부했기 때문이죠. 마이클 리치Michael Ritchie 감독이 영화배우가 상어에게 제일 마지막으로 잡아먹힌 게 언제냐고 제게 묻더군요. 저는 "마지막이 문제가 아니라, 첫 번째를 걱정하는 겁니다. 상어에게 잡아먹힌 첫 번째 영화배우가 되고 싶지는 않군요"라고 응수했습니다.

당신에게 스턴트를 직접 하라고 요구하는 유일한 경우는 당신에게 무슨 일이 일어나도 촬영에는 아무런 지장이 없는 마지막 촬영 때입니다(그렇기에 절대로 하지 마시라는 겁니다). 더구나 잘 생각해보면 이런 일을 하기 위해 평생 훈련받은 직업적인 스턴트맨이 항상 세트장에 대기하고 있는데 배우더러 하라고 하는 이유가 뭡니까? 스턴트맨의 기회를 박탈하는 것은 이기적인 행동입니다. 그러니 기억하세요. 자기가 직접 스턴트를 했다고 하는 배우가 있다면, 거짓말쟁이거나 이기주의자거나 아니면 둘 다라는 것을요.

어느 날 당신이 스튜디오에 있는데 특수효과기사가 다가와 이런 식으로 말합니다. "이제 '액션' 하면 저 벽이 날아갈 거예요. 그렇지만 당신 반대편으로 무너질 테니 걱정할 것 없어요. 지붕이 내려앉을 거지만 그것도 당신에게 떨어지지 않을 테니 걱정 말고요. 마루가 갈라지면 당신은 물속으로 떨어지고 거기

화려한 사기꾼 Dirty Rotten Scoundrels
프랭크 오즈 감독, 오리온 픽처스, 1988.

에는 상어가 있을 거예요. 그러나 걱정할 것 없어요. 상어 이빨을 다 뽑아놨으니까요. 마지막으로 물 밖으로 나오면 독사가 바지를 타고 기어오를 거예요. 그래도 걱정하지 마세요. 우린 동물원에서 전문가를 모셔 왔고, 지금 막 뱀에게 젖을 먹였으니까요."

그러면 당신은 "특수효과기사님, 우선 저에게 직접 시범을 보여주시겠어요?"라고 말씀하세요. 그러면 그는 아마 "우리는 시간이 별로 없어요. 아시다시피 전 기꺼이 할 수 있죠. 그러나 다시 세팅해야 하고, 바지 주머니에서 뱀을 꺼내야 하고, 지붕을 다시 얹어야 하고……. 손실된 시간을 따져보면 1만 5천 달러의 손실이 생기고, 다시 세팅하는 데 오후 내내 시간이 걸릴 거예요. 그렇지만 않다면 제가 기꺼이 시범을 보일 텐데요"라고 말할 겁니다. 그러면 다시 말씀하세요. "괜찮으니까 당신이 먼저 해보세요."

항상 당신이 시도하기에 앞서 스턴트맨에게 먼저 시범을 보이라고 하십시오.

먼저 화내지 마라

영화의 주연배우라면 자기가 선택한 영화 촬영 첫날 보수를 받습니다. 어깨에 힘이 들어가고 촬영이 끝날 때까지 의기양양해 하죠. 그러나 배우가 변덕스럽고 재는 프리마돈나가 되어도 좋다는 권리까지 주는 것은 아닙니다.

한 유명 남자 배우와 영화를 찍을 때, 그를 하루 종일 빈 둥거리며 기다리게 만들어서 본의 아니게 골탕 먹인 적이 있습니다. 그 일 때문에 다음 날 오전 8시 반, 촬영에 들어가야 할 때 그가 보낸 메시지가 도착했습니다. '어제 저를 네 시간 기다리게 했으니 저도 오늘 네 시간 뒤에 도착할 겁니다.' 그 없이는 촬영을 할 수 없으니 모든 사람들이 거기 앉아 기다려야 했습니다.

촬영 현장에 있는 사람들은 공동 주연을 맡은 저를 주시했습니다. 그가 나타났을 때 저의 반응이 궁금했던 거지요. 드디어 그가 등장했습니다. 제가 "이리 와보게"라며 불렀더니 그는 제가 괴롭힐 줄 알았는지 약간 공격적인 태도를 보이더군요.

제가 말했죠. "자네가 그렇게 해줘서 신께 감사할 지경이었네. 어제 밤새 노느라 너무 피곤했거든. 그리고 대사를 한 줄도 외우지 못했어. 이 장면에 대해 아무것도 몰랐고 말이야. 그런데 지금 세 시간이나 잤고, 대본도 다 숙지했으니 모든 게 매우 좋아. 그래서 말인데, 오늘 밤 내가 파티에 가야 하거든. 자네, 내일도 오늘처럼 해줄 수 있나?" 다음부터 그는 절대로 늦는 법이 없었지요.

저는 자주 화를 내는 편이었습니다. 일할 때 곧잘 성마르게 발끈하곤 했습니다. 제2차 세계대전 때 일본군의 포로였던 제임스 클라벨*과 〈마지막 계곡The Last Valley〉(1970)을 촬영할 때였습니다. 제임스는 외모는 영국인이지만 내면은 완전히 일본인이었습니다. 어느 날 제가 버럭 화를 내자 제임스는 저를 쳐다보기

죽음의 게임 Deathtrap
시드니 루멧 감독, 워너브라더스 픽처스, 1982.

© 1982 Warner Bros Inc.

만 하고 제 맘껏 화를 내고 성질을 부리도록 내버려뒀습니다. 그러고는 "마이크, 나랑 좀 걸읍시다. 저 모퉁이 어디 좀 앉죠"라고 말했습니다. 저를 자리에 앉히더니 체면을 잃는다는 것이 일본인들에게 어떤 의미인지 말해주더군요.

만약 당신이 어떤 이유에서든지 화를 내고 소리를 지르면 바보처럼 보이고, 스스로 바보처럼 느낄 것이며, 모든 사람들의 신뢰를 잃을 것입니다(당신이 고함지르는 상대가 제작자일지라도 말이지요). 그 뒤로 저는 절대 일하며 화를 내지 않습니다. 그리고 어떠한 상황에서든지 당신보다 어린 사람에게는 절대로 화내지 마십시오. 그건 엄청나게 부당한 행위니까요.

편집용 프린트에 집중하기

매일 촬영이 끝나면 사람들은 편집용 프린트를 보러 갑니다. 저는 절대 가지 않습니다. 편집용 프린트를 보고 나면 사람들은 요트를 삽니다. 그리고는 개봉일에 파산합니다.

편집용 프린트를 본 사람들한테 어떤지 물어보면 다들 훌륭하다고 합니다. 메이크업 담당자에게 "편집용 프린트 어떻던

James Clavell 1924~1994. 호주 태생. 작가, 소설가, 감독. 우리나라에는 〈쇼군 Shogun〉(1980)의 작가, 〈언제나 마음은 태양To Sir, with Love〉(1974)의 감독으로 알려져 있다.

가요?"라고 물어보세요. 아마 "한마디로 훌륭해요. 그녀 입술 화장이 아름다워요"라고 대답할 겁니다. 머리 손질 담당자에게 "편집용 프린트 어때요?"라고 물어보세요. 그는 "훌륭해요. 그 가발을 보셨어야 하는데. 최고예요"라고 대답할 것입니다. 모든 사람들은 자기가 보고 싶은 것만 보는 법이지요.

만약 당신이 편집용 프린트를 보게 된다면 자기만 보일 겁니다. 그러나 사실 편집용 프린트로 보는 캐릭터는 당신 자신이 아니기 때문에 낯선 사람처럼 느껴질 겁니다. 만일 좋은 감독이라면 당신이 어떻게 연기했는지 편집용 프린트보다 훨씬 정확히 이야기해줄 겁니다. 제 생각에 편집용 프린트에서 확인할 수 있는 것은, 초점이 잘 맞춰졌는지, 촬영기사가 망치지나 않았는지 정도라고 봅니다. 만약 당신이 편집용 프린트를 보러 가지 않는다면 일찍 귀가할 수 있다는 점을 기억하십시오. 저는 "컷! 짐 싸!" 소리가 끝나기 무섭게 촬영장을 떠나기 때문에 '칼퇴근 마이크'라고들 부릅니다.

영화배우를 위해 마지막으로 교훈이 될 만한 정보를 하나 더 드리겠습니다. 유명 스타나 감독들이 모이는 할리우드 파티에서 발견한 겁니다. 유명 배우의 집에 가면 벽은 항상 그 배우의 사진으로 뒤덮여 있더군요. 그러나 유명 제작자의 집에 가면 항상 벽에 로트레크이나 반 고흐, 피카소 같은 그림이 걸려 있었습니다. 그걸 잘 기억해두세요.

08

감독을 대하는 요령

"배우는 융통성을 가져야 합니다.

감독은 엄청난 계획과 과제를 세우고 실행합니다.

만약 감독이 그 모든 것들을 다 내던지고 즉흥적으로 촬영하려고 한다면

반드시 그의 지시를 따르십시오."

■■■ 감독의 말은 기본적으로 법입니다. 그래서 다들 영화를 '감독의 도구'라고 하지요. 배우에 따라 감독의 지시를 즉각 받아들이는 사람도 있고, 그러지 못하는 사람도 있습니다. 감독의 지시에 귀 기울이는 사람은 감독이 한 말을 즉시 그의 연기로 해석해냅니다. 감독이 원하는 것을 자기 핏속으로 받아들여 온몸으로 흐르게 하는 것이지요.

감독은 수시로 배우 곁에 있으면서 테이크가 진행되는 매 순간 당신을 보살필 것입니다. 그것은 배우의 감독일 때입니다. 어떤 감독들은 배우에게 관여하지 않습니다. 배우가 과연 잘해낼 수 있을까 생각할 뿐이지요. 어떤 경우든지 칭찬받을 생각은 마십시오. 감독이 당신 연기에 만족했다면 바로 다음 장면 촬영으로 넘어갈 것입니다. 그렇지 않다면 넘어가지 않았겠지요. 그게 유일한 신호입니다.

조지프 맹키위츠* 감독은 그런 면에서 매우 훌륭합니다. 그는 당신이 무엇이 부족한지, 당신의 능력이 무엇인지, 당신이 능력을 발휘한 때가 언제인지 꿰고 있습니다. 자신이 본 것에 만

Joseph L. Mankiewicz 1909~1993. 미국 펜실베이니아 태생. 제작자, 시나리오작가, 감독. 〈시민 케인〉의 시나리오작가로 유명한 허먼 맹키위츠의 동생. 〈필라델피아 스토리Philadelphia Story〉(1940), 〈이브의 모든 것All About Eve〉(1950), 〈아가씨와 건달들Guys and Dolls〉(1955), 〈콰이어트 아메리칸The Quiet American〉(1958), 〈지난여름 갑자기Suddenly, Last Summer〉(1959), 〈발자국Sleuth〉(1972) 등 많은 작품들을 남겼다. 1986년 미국 감독 조합상 공로상, 1991년 아카데미 공로상을 받았다. 마이클 케인이 '영화 현장에서 만난 사람들 중 가장 친절하고 정중한 신사'라 칭송하기도 했다.

족하면 아무 말도 하지 않는 감독 중 한 명이죠. 하지만 그가 질문하기 시작하면 주의하세요. 당신이 제대로 해내지 못했다는 증거니까요. 만약 그가 "왜 그 대사를 하면서 그녀를 손으로 가리켰죠?"라고 묻는다면 곤란해집니다. 하지만 그가 당신이 한 제스처에서 설득력이 부족한 무언가를 발견했다는 의미이니 다행스러운 일이지요. 맹키위츠는 제자리를 찾을 때까지 당신과 함께 할 겁니다. 쉬지 마세요. 거기에 저항하지도 마시고요. 마지막 테이크까지, 당신의 연기가 충분히 모양새를 만들어갈 때까지 계속해서 담금질을 해야 하니까요.

그러나 모든 감독이 맹키위츠 같지는 않습니다. 좋은 감독이 있는가 하면 나쁜 감독도 있지요. 양쪽 모두에게 배울 점은 있습니다. 나쁜 감독한테는 생존 본능을 배울 수 있습니다. 그 안에서 주고받으며 연기할 수 있는 기술 말이지요. 이 예술은 다른 예술처럼 기술에 의존합니다. 진정한 프로가 되는 기술 말입니다. 자신감은 프로가 되는 데 필요한 요소 중 하나입니다. 좋든 나쁘든 리무진이 아침에 당신을 데리러 오는 것을 중단할 때까지는 감독에게 묶여 있습니다. 그를 좋아하거나, 그런 척 속여야 하지요. 그러나 어쩌다 한 번 일어나는 일이기는 하지만, 정말 멍청한 감독을 만나게 된다면 대기실로 돌아가 "이번 일은 우리 스스로 합시다"라고 말하세요.

저도 그런 일을 한 번 겪었습니다(누구라고 말하지는 않겠지만). 그 감독은 외계에서 온 것 같았습니다. 그리고 분명 지구행

왕이 되려던 사나이 The Man Who Would Be King
존 휴스턴 감독, 얼라이드 아티스츠, 1975. (숀 코너리와 함께)

편도 티켓을 산 것이 틀림없습니다. 제 생각에 어떤 면에서 분명히 어설프기도 했고요. 일찍이 우리는 그 감독의 수준을 눈치채고 스스로 노력하자는 데 동의했습니다. 그리고 그는 매우 훌륭한 영화를 감독한 것으로 이름이 올려졌지요. 한번은 심각한 알코올의존증 환자이기는 하나 자기 역할을 충분히 하던 감독과 영화를 찍은 적이 있습니다. 항상 취해 있었지만 아무도 눈치채지 못했습니다. 그가 나락으로 떨어질 때까지는요.

하지만 이렇게 극단적인 경우는 거의 없습니다. 그렇게 되기 전에 보험사 직원이 당신 기록에 짤막한 메모를 끼워 넣는 걸로 당신의 이력을 '끝내버릴' 테니까요. 그들은 '즐거운 파티였습니다'라고 쓰지도 않습니다. 그냥 퇴출입니다. '퇴출'이란 '촬영장 주변에서'나 '미국에서'가 아닙니다. 이 세계에서 퇴출이라는 뜻입니다. 보험회사는 지구촌을 상대로 사업을 합니다. 그들의 시야에서 절대 벗어날 수 없습니다.

배우와 감독의 궁합이 맞지 않는 경우도 당연히 있습니다. 제 경우는 타협을 합니다. 이렇게 말하죠. "좋아요. 당신 방식으로 한 번 해보고, 제 방식으로도 한 번 해보죠. 그러고 나서 편집용 프린트를 보시겠어요?" 배우가 어떤 테이크를 최종적으로 선택할지 결정할 수는 없지만, 적어도 어떤 프린트를 선택할지 다 같이 볼 기회를 요구할 수는 있습니다. 그러면 감독은 관례적으로 "그래, 그거 좋은 생각이네"라고 말하고는 거의 잊어버립니다. 그러나 그가 기억하고 있더라도 편집용 프린트를 보면 이내 감독이 옳았다는 것을 알 수 있을 겁니다. 당신은 감독만큼 명확하게 자신을 판단할 수 없습니다. 보통은 감독의 감각이 당신의 직감보다는 정확하다는 점을 깨달을 수 있을 겁니다.

어쨌든 감독은 두목이고, 배우는 감독을 믿을 수밖에 없습니다. 어떤 배우들은 감독의 말에 따르지 않고, 양보하지도 않습니다. 만약 젊거나 영화 촬영이 처음인 배우라면, 감독은 자기 의지대로 감독하도록 하고, 당신은 본업인 연기에 집중하면서 감독의 지시를 따르라는 말씀을 드리고 싶네요.

감독에 따라 각기 다른 이유로 리허설을 합니다. 어떤 감독은 기술적으로 힘든 장면의 경우 카메라 작업을 위해 리허설을 실시합니다. 그런가 하면 배우들을 위해 리허설을 하는 감독도 있습니다. 촬영에 들어가기 전 2주 동안 리허설을 하는 감독도 있고요. 어떤 감독은 단 한 장면만 리허설을 하고 곧바로 촬영에 들어가기도 하죠. 그게 끝입니다.

우디 앨런은 촬영할 때 모든 것들을 한 번에 하기 때문에 뭐가 리허설이고 뭐가 테이크 촬영인지 통 분간할 수 없습니다. 계속해서 찍고 또 찍지요. 클로즈업은 없습니다. 전부 롱 숏입니다. 그리고 한없이 진행됩니다. 〈한나와 그 자매들〉[*]에서는 집 안에서 카메라를 360도로 돌리면서 촬영을 진행했습니다. 방음 장치도 안 되어 있는 실제 뉴욕의 아파트 중 한 곳에서요. 오전 8시

Hannah and Her Sisters 1985. 우디 앨런은 이 작품으로 아카데미 각본상을 받았다.

191

30분에 모여 동작을 설정하고 나면 저녁 8시가 되어서야 촬영이 시작됩니다. 조명을 설치하는 데 오랜 시간이 걸리기 때문이지요. 우디는 매우 세밀한 부분까지 모든 것을 다 리허설했습니다. 그의 카메라는 거의 현미경 수준이었습니다. 그의 영화를 보면 모든 것들이 애드리브처럼 보이지만 그 모든 것은 끊임없는 리허설과 리허설과 리허설의 과정을 거쳐 확실해질 때까지 준비한 것입니다. 테이크라 말하지 않은 상태에서 리허설 느낌으로 시작되는 촬영은 배우에게 편안함을 느끼게 하고 풍부한 상상력을 담을 수 있도록 만들어줍니다.

다른 감독들은 장면들을 전부 분해하지요. 존 휴스턴 감독처럼요. 그는 마스터 숏을 찍다 중단합니다. 전체를 찍지 않아도 원하는 것을 얻었다고 생각하기 때문에 끝까지 찍어둘 필요를 못 느끼는 것이죠. 경험이 적은 감독은 편집 과정에서 필요할지 모르겠다는 생각에 끝까지 촬영하겠지만, 휴스턴 감독의 경우 이 분야의 명수입니다. 이미 촬영에 들어가기 전에 모든 걸 어떻게 찍을지 결정해놓았을 겁니다.

브라이언 드 팔마* 감독은 차가운 면이 있기는 하지만 저는 감독이자 기술자로서 그를 존경합니다. 그가 제게 조금은 섬뜩한 〈드레스트 투 킬Dressed To Kill〉(1980)의 출연 제의를 했을 때, 도전해볼 만한 가치가 있다는 생각에 도박을 했지요. 그는 요구 사항이 많은 감독이었고, 자신이 원하는 것을 얻을 때까지 찍고 또 찍었습니다. 한번은 카메라를 360도 회전시키면서 9페이지

분량의 시퀀스를 짜 넣어야 하는데 무려 26번이나 재촬영을 했지요(저의 최고 기록이기도 합니다). 배우가 제대로 하면 카메라가 말썽을 부리는 등등, 한 시퀀스를 하루 종일 찍었던 겁니다.

경우에 따라 감독이 기술적인 이유와는 관계없이 테이크를 여러 번 가도록 할 수도 있습니다. 잭 호킨스*가 〈벤허Ben-Hur〉(1959)를 촬영할 때의 유명한 일화를 말한 바 있지요. 그와 스티븐 보이드*가 나오는 장면을 촬영하는데 윌리엄 와일러* 감독이 계속해서 "아니야, 다시 해봐"라고 말했습니다. 그러자 배

Brian De Palma 1940~ . 미국 뉴저지 태생. 영화 〈드레스트 투 킬Dressed To Kill〉(1980) 외에 〈미션 임파서블Mission: Impossible〉(1996), 〈스네이크 아이즈 Snake Eyes〉(1998) 등을 감독했다.

Jack Hawkins 1910~1973. 영국 태생. 배우. 주로 장교, 군인 등 제복 차림의 남성적인 인물을 연기했다. 〈콰이 강의 다리The Bridge on the River Kwai〉(1957), 〈아라비아의 로렌스Lawrence of Arabia〉(1962) 등 많은 영화에 출연했다. 암으로 목소리를 잃을 때쯤(1966) 감독들이 가장 많이 찾은 배우이다.

Stephen Boyd 1931~1977. 영국 태생. 〈벤허〉(1959)의 메살라 역으로 국제적 명성을 얻었다. 1970년대에는 주로 스페인의 저예산 영화에 출연했다.

William Wyler 1902~1981. 독일령이었던 알자스 태생. 〈미니버 부인Mrs. Miniver〉(1942), 〈우리 생애 최고의 해The Best Years of Our Lives〉(1946), 〈벤허〉(1959)로 아카데미 감독상을 세 번이나 수상한 감독. 완벽주의자였으며 원하는 연기나 장면이 나올 때까지 거듭 촬영함으로써 최상의 장면과 연기를 이끌어냈다. 이러한 훈련을 통해 매우 섬세하고 복잡한 인간의 내면을 끌어냄으로써 전 세계 영화 관객의 심금을 울렸다.

한나와 그 자매들 Hannah And Her Sisters
우디 앨런 감독, 오리온 픽처스, 1985. (미아 패로와 함께)

우들이 "우리가 뭘 다르게 해야 할까요?"라고 물었지요. 와일러 감독은 "나도 잘 모르겠네. 그냥 다시 해보게"라고 대답했다지요. 이틀이 지나고 테이크가 150회에 이르자 와일러 감독이 "이 걸 프린트하게"라고 말했습니다. 잭이 화가 나서 "그건 여태 우리가 해왔던 것과 똑같잖아요. 왜 100번 넘게 테이크를 간 거죠?"라고 말하자 와일러 감독은 "나도 아네. 그렇지만 다음에 촬영해야 할 세트가 준비되어 있지 않아서"라고 대답했답니다.

어떤 감독은 사람을 괴롭히는 것으로 유명하기도 합니다. 그런 사람들은 희생양을 필요로 합니다. 그러나 당신은 그 희생양이 될 타입이 아니라는 점을 분명히 밝히십시오. 〈귀향Hurry Sundown〉(1966)을 촬영하기에 앞서 저는 오토 프레민저* 감독이 사람을 괴롭힌다는 평판을 들었습니다. 그래서 감독을 만난 자리에서 "제게 소리 지르시면 안 됩니다"라고 말했습니다. 그는 당황해서 "왜 내가 그럴 것이라 생각하나?"라고 되물었습니다. 저는 침착하게 "〈성 잔 다르크Saint Joan〉(1957)를 작업한 친구들이 감독님이 고함을 잘 치신다고 그러던데요"라고 답했습니다. 그러자 그는 "나쁜 배우들과 사귀지 말게나. 나는 나쁜 배우에게만 고함을 치거든"이라고 말하더군요. 제가 직접적으로 그의 그런

Otto Preminger 1906~1986. 오스트리아─헝가리령이던 빈 태생. 〈살인의 해부 Anatomy of a Murder〉(1959), 〈제17 포로수용소Stalag 17〉(1953), 〈돌아오지 않는 강River of No Return〉(1954)으로 잘 알려진 감독이다.

태도를 문제 삼은 덕인지 감독은 저에게는 한 번도 고함을 치지 않더군요. 그리고 그에게서 7분이나 되는 긴 테이크를 어떻게 찍어야 하는지도 배웠습니다.

그렇다고 점잖은 감독이 없다는 것은 아닙니다. 캐럴 리드*는 "컷"을 외칠 때 배우의 자존심을 상하지 않게 하려고 온갖 재치를 발휘합니다. 캐럴은 항상 못이나 동전을 쥐고 다녔지요. 배우가 대사를 제대로 못하거나 까먹을 때, 혹은 장면 진행을 매끄럽게 하지 못한 경우 못이나 동전을 떨어뜨리고는 "컷. 조용한 장면이었는데……. 이왕 촬영을 멈춘 거 그 장면을 다시 한 번 해볼까요?"라고 말하곤 했지요.

어떤 감독은 테이크 도중에 즉흥성을 발휘할 것을 요구하기도 합니다. 대본에서 조금이라도 어긋나거나 벗어나는 것을 두려워하는 연기자들에게 즉흥성을 연기에 담으라고 요구한다면 그를 패닉 상태에 빠뜨리는 거죠. 그러나 촬영 순간 자연스러운 현실감을 살리기 위해 작가가 마지막 순간에 대본을 수정하는 경우가 빈번합니다.

배우는 융통성을 가져야 합니다. 감독은 엄청난 계획과 과제를 세우고 실행합니다. 만약 감독이 그 모든 것들을 다 내던

Carol Reed 1906~1976. 영국 런던 태생. 〈몰락한 우상The Fallen Idol〉(1948)과 스릴러로 잘 알려진 영화 〈제3의 사나이The Third Man〉(1949)로 아카데미 감독상 후보에 올랐으며 뮤지컬 영화 〈올리버Oliver!〉(1968)로 아카데미 감독상을 수상했다.

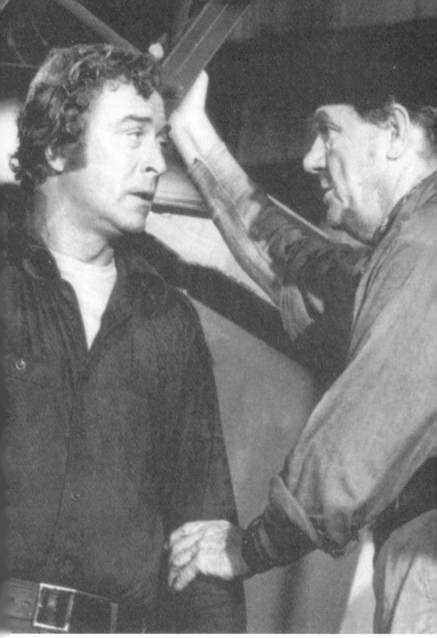

포세이돈 어드벤처 2 Beyond the Poseidon Adventure
어윈 앨런 감독, 워너브라더스 픽처스, 1979. (칼 말든과 함께)

지고 즉흥적으로 촬영하려고 한다면 반드시 그의 지시를 따르십시오. 당신은 공장에서 조립 라인을 맡고 있는 일꾼이 아닙니다. 무대 세트는 일종의 도약대에 가깝습니다. 〈왕이 되려던 사나이〉를 찍을 때 정밀하게 대본을 준비한 존 휴스턴 감독조차도 우리에게 즉흥적인 연기를 요구했으니까요. 제가 신병들을 훈련시키는 장면이 기억납니다. 제 앞에는 영어를 하나도 못 알아듣는 아랍인들이 서 있었지요. 즉석에서 제 머릿속에서 떠오르는 말로 이들을 진짜 훈련시키고자 했습니다. 맨 앞줄에서 제대로 따르지 못하는 사람 덕분에 매우 우스꽝스러운 장면을 연출할 기회를 잡기도 했습니다. 만약 대본에 충실하고자 애썼다면 그런 촌극을 만들어낼 수 없었을 겁니다.

영화 대본은 성경이 아닙니다. 대본이 절대 불가침의 성역이 아니라는 것을 증명하기 위해 〈국제 첩보국〉 촬영 첫날 감독은 대본을 바닥에 놓고 불을 붙였습니다. 그러고는 "내가 생각하는 대본이란 이런 거야"라고 말하더군요. 우리는 그저 서서 멀뚱멀뚱 서로 쳐다보기만 했습니다. 순간 저는 당황했습니다. "그럼 우리는 무엇으로 촬영합니까?"라고 물었지요. 결국 감독은 제 대본을 사용했습니다. 그러나 즉흥성을 많이 요구했지요. 제가 가장 좋아하는 시퀀스는 비밀첩보국 대장인 M과 대화를 나누며 슈퍼마켓에서 장을 보는 장면입니다. 감독은 우리에게 큰 윤곽만 던졌고, 우리는 약 3분간 즉흥적으로 임기응변식의 대사를 주고받으며 연기했습니다.

때에 따라 감독의 권유 없이 솔선해서 대사를 바꿀 수도 있습니다. 〈머나먼 다리A Bridge Too Far〉(1977) 촬영 중에 저는 운 좋게도 제가 영화 속에서 맡은 실제 인물이자 그 전투에 참여했던 육군 중령 조 밴델러를 직접 만나게 되었습니다. 저는 그때까지 대본에 적혀 있는 "앞으로, 전진, 돌격"이라는 대사에 확신을 갖지 못한 터였습니다. 그래서 그에게 실제 전투 상황에서 어떻게 명령을 내렸는지 물어봤습니다. 그는 "마이크에 대고 조용히 '자, 이제 움직여'라고 말했지요"라고 대답해주었습니다. 그래서 저는 똑같이 말했습니다. 전쟁터에서 그 인물이 실제로 한 말을 정확히 알고 있다는 사실에 훨씬 안정감을 느꼈거든요.

편안한 분위기 속에서 본인이 맡은 캐릭터와 궁합이 잘 맞으면 연기가 즉흥적으로 잘 맞아떨어집니다. 물론 시나리오에 있는 내용을 전부 파악한 후에 즉흥성을 발휘해야 합니다. 자기 마음대로 창작하지 말아야 한다는 전제가 깔려 있는 것이지요.

미국의 유명 희곡 작가인 닐 사이먼*이 대본을 쓴 〈캘리포니아의 다섯 부부California Suite〉(1978)를 촬영할 때의 일입니다. 촬영 첫날 촬영장을 방문한 그가 매기 스미스*와 제게 와서 "뭔가 재미있는 것들이 생각나면 즉흥적으로 그걸 넣게. 그러나 사전에 내게 이야기해주게. 내가 쓴 것보다 훨씬 더 재미있어야 하네"라고 말했습니다. 우리는 생각하고 또 생각했습니다. 우리에게 허용된 창작의 무게는 우리의 의식을 무겁게 짓눌렀습니다. 말할 것도 없이 우리는 애드리브를 전혀 할 수가 없었습니다.

감독이 편집을 직접 하지 않는 경우라도 그에게는 최종 편집본을 마지막으로 확인할 자격이 있습니다. 편집을 통해 연기의 리듬과 속도를 최종적으로 수정할 수 있습니다. 실제로 그러기 위해 편집을 하는 것이고요. 방향을 조정할 뿐만 아니라 어떻게 무엇을 강조할지도 결정합니다. 어떤 배우를 클로즈업으로 넣을지 그룹 속의 한 명으로 넣을지 판단하는 것이지요.

편집은 당신이 연기한 것들의 형태를 잡아주기도 하고 잘라내기도 합니다. 최악의 경우 모든 장면이 편집될 수도 있습니다. 당신의 연기가 무척이나 형편없었다면 아무도 보지 못할 테니 오히려 잘된 것일 수도 있지요. 연기를 잘했어도 잘려나가는

Neil Simon 1927~ . 뉴욕 태생인 닐 사이먼은 60년대 중반부터 80년대 중반까지 브로드웨이의 가장 확실한 흥행 보증수표인 작가로 꼽혔다. 1946년 뉴욕대학에 잠시 몸담기도 했고, 2년 후 워너브라더스 사무실에서 우편물 담당직원으로 일하기도 했다. 그러다 글쓰기에 전념하기 위해 시트콤 연출가였던 필 슬리버 밑에서 보조 작가로 활동하기 시작했다. 1961년 브로드웨이에서 막을 올린 〈나팔을 높이 불어라 Come Blow Your Horn〉를 시작으로 17차례나 토니상 후보에 올라 3번 수상했다. 1966년에는 그의 작품만 4편이 브로드웨이에서 동시에 올려져 모두 흥행에 성공을 이루기도 하는 등 20세기 미국 브로드웨이 사상 최고의 인기를 구가했다. 우리에게는 〈맨발로 공원을Barefoot in the Park〉(1967), 〈기이한 부부The Odd Couple〉(1968), 〈선샤인 보이스Sunshine Boys〉(1975) 등이 알려져 있다.

Maggie Smith 1934~ . 영국 태생. 연극 · 영화배우. 출연작은 많지 않지만 영미를 통틀어 고급 여배우로 정평이 나 있다. 〈미스 진 브론디의 전성기The Prime of Miss Jean Brodie〉(1969)로 아카데미 여우주연상, 〈캘리포니아의 다섯 부부〉(1978)로 골든글로브 뮤지컬코미디 여우주연상과 아카데미 여우조연상, 〈전망 좋은 방A Room with a View〉(1985)으로 골든글로브 여우조연상을 수상하는 등 많은 시상식에서 후보로 지명되고 수상한 바 있다. 희극배우로서의 선천적인 자질과 우아함, 섬세하면서도 기품 있는 연기는 많은 여자 연기자들의 귀감이 된다.

캘리포니아의 다섯 부부 California Suite
허버트 로스 감독, 콜롬비아 픽처스, 1978. (매기 스미스와 함께)

마구스 The Magus
가이 그린 감독, 20세기폭스 필름, 1968. (캔디스 버건과 함께)

경우가 있습니다. 러닝타임을 줄일 건수를 찾고 있는데 마침 당신이 부수적인 장면에서 연기했다면 잘릴 수 있습니다. 한편 어중간한 연기를 했음에도 불구하고 편집 기술에 의해 기사회생하는 경우가 있습니다. 속도를 정교하게 조정하거나 엉성한 부분을 압축 또는 제거함으로써 실제로 연기한 것보다 훨씬 효과적으로 대사를 전달한 듯한 인상을 심어줄 수도 있습니다.

저는 감독들과 동일하게 편집기사들을 존중합니다. 그들은 전문가입니다. 영화 전체에 대한 그들의 판단이 옳다는 데 내기를 걸어도 좋습니다. 또한 궁극적으로 영화를 위하는 것이 우리를 위하는 것이기도 하고요.

〈셜록 홈즈와 나Without a Clue〉(1988) 후시녹음을 할 때 편집된 프린트를 볼 기회가 있었습니다. 영화에서 칼싸움을 하는 장면을 보다가 제가 "영화 전체에서 제일 재미있는 부분을 잘라냈네요. 제가 싸움 도중에 느리게 움직이는 부분 말이죠"라고 말했습니다. 그러자 편집기사가 이렇게 말하더군요.

"알아요. 맞는 말씀이에요. 영화 속에서 가장 재미있는 부분이었어요. 그러나 5초나 되는 분량이었죠. 그 장면은 모든 여세를 몰아 집중을 요하는 마지막 장면이잖아요. 그러니 아무리 그 한 장면이 뛰어나게 재미있더라도 영화 전체를 위해 어쩔 수 없었어요. 코미디 마지막에서 속도를 늦출 수는 없잖아요"

그러고 나서 저의 기막힌 연기 부분이 들어간 싸움 장면을 보여주었는데 그의 말이 옳더군요. 그 부분이 사라진 것은 참

안된 일이지만 그 장면은 삭제되는 게 옳았습니다. 편집기사들은 자신의 일에 대해 잘 알고 있고 정직합니다. 그래서 저는 한 번도 "만약 편집기사들이 그 장면만 안 잘랐어도 오스카상은 따 놓은 당상인데"라고 생각해본 적이 없습니다.

그러나 편집이 아무리 훌륭하다 해도 편집실에서 당신을 구제해줄 것이라 믿고 의존해서는 안 됩니다. 감독들은 촬영장에서 제대로 하기를 바랍니다. 잭 레먼Jack Lemmon과 지독하게 완벽을 추구해온 조지 쿠커* 감독에 대한 일화가 있습니다. 잭은 브로드웨이 무대 출신으로 할리우드에 진출했고, 조지는 그가 찍은 첫 번째 영화의 감독이었습니다. 잭은 같은 장면을 거듭 반복했고 조지 역시 같은 말을 계속 반복했습니다. "컷. 줄여. 잭. 줄여." 그러면 잭은 또다시 반복했고요. 그러면 조지는 또다시 "컷. 줄여. 잭. 줄이라니까"라고 말했습니다. 끝내 잭이 "여기서 더 줄이면 아무것도 못 한다고요"라고 대꾸하자, 조지는 그제서야 "이제야 알아듣는구먼!"이라고 말했다고 합니다.

George Cukor 1899~1983. 미국 뉴욕 태생. '배우의 감독, 특히 여배우의 감독'으로 잘 알려진 그는 그레타 가르보, 캐서린 헵번, 조안 크로퍼드 같은 여배우의 매력을 최대한으로 뽑아냈다. 〈바람과 함께 사라지다Gone with the Wind〉(1939) 촬영 중 데이비드 셀즈닉과의 마찰로 인해 감독직을 빅터 플레밍에게 넘겨주고 중도하차한 사건도 유명하다. 〈마이 페어 레이디My Fair Lady〉(1964)로 아카데미 감독상을 수상하는 등 많은 작품을 남겼다. 〈필라델피아 스토리Philadelphia Story〉(1940), 〈가스등Gaslight〉(1944), 〈스타 탄생A Star Is Born〉(1954)를 비롯해 스펜서 트레이시나 캐서린 헵번이 주연을 맡은 영화들을 보면 배우의 잠재력이나 자질을 잘 활용하고 돋보이게 한 감독임을 알 수 있다.

09

스타가 된다는 것

"영화계 스타가 되려면

자신을 창조할 수 있어야 합니다."

■■■■ 스타의 지위까지 오를 필요는 없습니다. 제 경험에 비추어 볼 때 별로 추천하고 싶지는 않습니다. 그러나 좋은 배우가 된다는 것은 대단한 여정이고, 여러분께 강력히 추천합니다.

제가 신인이었을 때 어땠는지 떠올려보고자 합니다. 데뷔 초기에 일일 배우로 영화에 출연한 적이 있었습니다. 당시 감독이 제게 원하는 것을 설명하고 있었습니다. 그때 그 영화에 출연 중인 키가 매우 작았던 스타가 우리에게 왔습니다. 내게 대뜸 다가와서 제 가슴을 쳐다보고 한다는 말이 "어이 꼬맹이. 넌 해고야"라는 것이었습니다. 그 말에 감독이 "뭐?"라고 하자, 그 배우가 "이 친구는 해고입니다. 어이, 자네는 가서 돈이나 받고 집에 가시지"라고 하더군요. 그 스타는 자신보다 키가 큰 어느 누구와도 영화를 찍지 않았던 것입니다. 옛 스타들의 권력은 불행하게도 오늘날까지 여전히 현장에서 남용되고 있습니다.

영화계 스타가 되려면 자신을 창조할 수 있어야 합니다. 어렸을 적 저는 런던 토박이였고 배우가 된다는 게 어떤 것인지 전혀 알지 못했습니다. 그래서 모든 소재들을 수집했습니다. 말하자면 인상적인 패키지를 만들어 이용한 것입니다. 안경을 쓰고 시가를 피우며 눈에 띌 만한 곳이면 어디든 얼쩡거렸습니다. 그랬더니 "안경 쓰고 시가 피우는 놈"으로 알려지기 시작하더군요. 그러더니 "그는 노동자 계급 역을 맡는다던데"라고 말했습니다. 그러다 갑자기 "안경 쓰고 시가 피우며 노동자 역할을 맡는 배우"가 되었습니다. 제가 매우 얌전하고 순종적이라는 소문이 돌자 저는 "안경 쓰고 시가를 피우며 노동자 역할을 맡는, 함께 일하기 쉬운 배우"가 된 겁니다.

그게 사실입니다. 그러나 저는 누구든 저를 알아볼 수 있게 하기 위해 의도적으로 그것들을 은밀히 모았던 것이지요. 주요 스튜디오들이 소속 배우들을 위해 폈던 전략을 저는 독자적으로 제 자신을 위해 만들어 사용한 것입니다. 제 스스로 특정 이미지를 만들어낸 겁니다. 이미지는 진실일 수도, 거짓일 수도, 그 사이에 있을 수도 있지만, 그것을 얻기 전까지 영화계에 당신은 존재하지 않습니다.

사실 저는 유명 스튜디오들이 소속 배우를 관리하듯 제 모든 경력을 관리하려고 애썼습니다. 경험을 쌓기 위해 최대한 많은 영화에 출연했습니다. 가만히 앉아서 '큰 역할'이 오기만 기다리면 정작 그런 기회가 왔을 때 당신은 준비가 되어 있지 않음을 알게 됩니다. 큰 기회를 살릴 수 있는 능력은 작은 역할을 수없이 많이 맡음으로써 축적되는 것입니다. 놀라실 수도 있겠지만, 배우로서의 성공은 끊임없이 행동하는 데서 오는 것이지 협상력이나 대사의 수, 배역의 비중을 재는 것에서 오는 것이 아닙니다. 어떤 역할이건 하고 또 하세요. 그리고 가만히 앉아서 기다리지 마세요.

일부 뛰어난 배우들은 자신에게 맞는 역이 들어올 때까지 기다리는 경우가 있습니다. 당신은 어떤 배역이 들어오든 맡으십시오. 긴장 속에서만 얻을 수 있는 자신감을 습득하십시오. 자

아일랜드 The Island
마이클 리치 감독, 유니버설 픽처스, 1980.

신감은 여유를 불러옵니다. 여유는 당신이 맡는 배역이 필요로 하는 잠재된 능력을 열어줄 것입니다. 큰 배역이 당신에게 맡겨지면 당신이 발휘할 수 있는 능력 100퍼센트 전부를 필요로 할 것입니다. 25퍼센트 부족한 것을 들켜서는 안 됩니다. 단 1퍼센트라도 부족하다는 점을 들키지 않도록 하십시오. 자신의 재능과 자질, 자기 자신을 완벽하게 관리함으로써 자신에게 다가오는 어떠한 도전에도 완벽하게 대처할 수 있도록 하십시오.

스타는 일종의 의무감을 갖게 됩니다. 영화 자본은 종종 배우의 이름이나 그의 출연 기간, 비중에 따라 투자액이 달라집니다. 그가 출연하는 장면이나 책임을 맡은 장면에 따라 말이죠. 그렇다고 배우가 자신이 출연하는 장면에서 과욕을 부리라는 의미는 아닙니다. 세트장에서 사람들이 가끔 제게 와서 "어제 저 배우가 당신 장면을 훔치는 거 봤어요?"라고 말합니다. 그러면 저는 "정말 고마운 일이네요. 제가 책임져야 할 시간이 5분이나 줄었으니까요"라고 둘러대곤 합니다.

의무감은 세트장을 벗어나서도 계속됩니다. 인터뷰, 무대인사, 홍보 등을 통해서 말이죠. 전 이 모든 걸 합니다. 이 모든 게 제 직업이기 때문이죠. 연기란 대화입니다. 영화가 개봉된 것을 아무도 모른다면 대화에 실패한 것입니다. 그러므로 신뢰, 유머 감각, 시간 엄수 등은 영화 촬영장을 벗어나서도 계속해서 지켜야 할 의무사항들인 것이죠.

팬레터 역시 중요합니다(발송 비용도 경비로 처리할 수 있고요). 저는 모든 편지에 일일이 개인적인 답장을 해주지는 못합니다. 불가능하기도 하고요. 그러나 사진에 사인은 직접 합니다. 제 사인을 대필하는 비서를 두고 있지 않거든요. 요즘 촬영장을 떠나 어떤 홍보든 신경질적으로 거부하는 스타들이 있기도 합니다. 그러나 그런 스타들은 거부하는 것만으로도 충분한 홍보 효과를 갖기 때문에 제작자는 그렇게 하는 것을 좋아하기도 하지요.

일반적으로 신경질은 불안에서 옵니다. 진정한 스타들은 불안해하지 않습니다. 그들은 자신들이 원하는 것을 요구하고 대부분 얻어냅니다. 저는 신경질적인 사람들을 '얼치기'라고 부릅니다. 그들은 연기를 얼추 할 수 있고, 자신의 대사를 얼추 알고 있으며, 시간을 얼추 지키고, 얼추 스타가 됩니다.

저는 영화에서 주연배우를 맡을 때 에너지의 절반을 긴장감을 푸는 데 씁니다. 당신의 기분을 촬영장에 맞추세요. 그리고 당신이 주연배우일 경우 여자 주인공이 세트장에 나오지 않는다면 대기실에서부터 에스코트해 데리고 나오는 임무를 맡으세요. 모든 사람들이 "마이클, 여자 주인공을 데리고 나올 수가 없어요. 당신이 가서 데리고 나오셨으면 해요"라고 말합니다. 그 경우 아마 머리 손질이 제대로 되어 있지 않거나 여자 주인공이 감독을 별로 마음에 들어 하지 않기 때문일 겁니다. 여자 주인공이 남자 주인공을 대기실에서 데리고 나오는 경우는 거의 못 봤습니다.

전 항상 여자 주인공과 좋은 관계를 유지하려고 합니다.

그러나 그것이 전부입니다. 여주인공과 감정적인 관계를 가지면 안 됩니다. 그런 관계는 당신을 약하게 만들고 더불어 영화도 약하게 만듭니다. 만약 당신이 영화 스타가 되고자 한다면 강철 같은 심장을 만드셔야 합니다.

저는 배역이 제게 잘 맞고 또한 여태 제가 맡았던 배역들과 다를 때 그 시나리오를 선택합니다. 저는 연기로 도전할 수 있는 시나리오를 찾습니다. 그러나 나이가 들면서 촬영이 어떤 장소에서 진행될지에 대해서도 관심을 갖게 됩니다. 탄자니아의 토담집에 앉아 있어야 하는 저예산 영화인가? 혹은 파리에 있는 조지 5세 저택에서 묵게 될 영화인가?

예전에는 영화를 촬영할 때 그러한 것들에 대해 전혀 신경 쓰지 않았습니다. 한번은 필리핀의 정글 속에서 26주간 촬영한 적도 있습니다. 돌이켜보건대 휴양지에 있는 열대 정원에서 찍었어도 스크린에서는 별다를 것이 없을 것입니다. 정글에서는 하늘을 볼 수 없습니다. 어떤 경치도 볼 수 없고요. 보이는 것은 온통 정글뿐이었습니다. 우리는 26주 동안 짓다 만 창녀촌에서 살았습니다. 우리가 사용한 방은 한 번에 20분만 사용할 용도의 것이었고, 시설도 그런 방에 어울림 직한 것들이었습니다. 26주를 그런 곳에서 보냈지요. 게다가 여자는 코빼기도 비치지 않고요.

그 일을 겪고 나서 저는 대본도 읽지 않고 〈마구스〉를 선택했습니다. 영국의 끔찍한 1월 날씨를 피해 몇 주 동안이라도

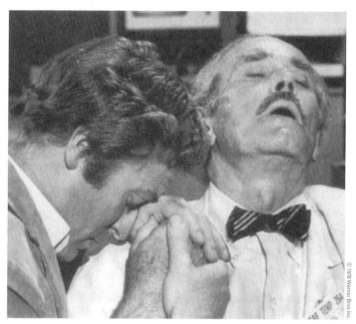

스웜 The Swarm
어윈 앨런 감독, AIP/워너브라더스 픽처스, 1978. (헨리 폰다와 함께)

프랑스 남부에서 보낼 수 있었기 때문이지요. 아주 약간은 실수했다 싶기도 했지만 날씨에 관한 한 성공이었습니다. 저는 시나리오를 폈을 때 이런 문장이 나오면 잽싸게 덮어버립니다. '알래스카: 주인공들이 폭풍우 속을 헤매고…….'

좋은 영화에서보다 나쁜 영화에서 연기하는 것이 훨씬 어렵습니다. 끔찍한 시나리오는 연기를 무척이나 어렵게 만듭니다. 장차 당신 연기 이력에서 가장 쉽게 한 연기로 아카데미상을 받을 수도 있을 겁니다. 뛰어난 시나리오가 그것을 가능하게 해주지요. 최악의 조건을 극복한 사람에게 주는 상이 있으면 좋겠습니다. 그렇지만 모든 것이 완벽하게 확실한 일은 없습니다. 늘 위험과 마주하기 마련입니다. 얼핏 보기에 저와 로렌스 올리비에가 출연했던 〈발자국〉(희곡으로 엄청난 성공을 거둔 바 있지요)은 기대작으로 보였습니다. 그러나 이 영화는 단 두 사람만 출연합니다. 그리고 두 사람만 출연해 흥행에 성공한 영화는 그때까지 단 한 편도 없었습니다. 〈발자국〉이 개봉하기 전까지 말이죠.

영화배우로서 저를 스스로 분석해볼 때, 배우로서 저의 매력은 한눈에 승자로 보이지 않는다는 데 있다고 생각합니다. 숀 코너리나 찰스 브론슨Charles Bronson의 경우 확실한 승자입니다. 그러나 저는 패자 같은 느낌을 가지고 있고 영화에서도 패자 역할을 많이 했지요. 저는 인생에서 실패 경험이 많은데 그런 경험들이 제 인격 형성에 어느 정도 영향을 주었다고 봅니다. 자신이 어떤 느낌을 주는 사람인지를 알고 있는 것이 중요합니다.

자신에게 생기는 변화를 무시하거나 간과해서도 안 됩니다. 제가 중년의 고비에 있을 때에 시나리오 한 편을 받았습니다. 저는 시나리오를 돌려보내며 제가 그 역할에 크게 못미친다고 말했습니다. 제작진은 제게 전화해서는 "우리는 당신에게 낭만적인 철부지 애송이 배역을 원한 것이 아닙니다. 저희가 염두에 둔 것은 아버지 역할입니다"라고 말하더군요.

실제로 저는 나이 먹는 것을 즐깁니다. 나이가 드는 건 여배우보다는 남자 배우에게 훨씬 편하지요. 저 같은 타입의 배우에게 가장 좋은 배역은 원숙함이 돋보이는 역할입니다. 제가 나이를 먹으면 제 배역도 저와 함께 나이를 먹습니다. 조지 C. 스콧 George C. Scott과 리 마빈Lee Marvin처럼 말이지요. 저는 점점 더 비중 있는 역할을 맡으며 중년에 전성기를 맞았습니다. 밑바닥부터 여기까지 올 수 있었다는 것이 기쁠 따름입니다.

할리우드 사회는 A급 팀, B급 팀, C급 팀, 즐기는 팀으로 나뉘어 있습니다. A급 팀은 극히 소수이지요. 로버트 레드퍼드 Robert Redford, 클린트 이스트우드Clint Eastwood, 실베스터 스탤론과 소수의 스튜디오 대표들로 이루어져 있습니다. 저는 이 팀에 속하지 않습니다. 여기 속한 사람들은 B급 팀, C급 팀과 어울리지 않습니다. 이유는 간단한데, 일자리를 부탁받는 것을 원치 않기 때문이지요. 그러나 그들은 즐기는 팀과는 어울립니다. 저는 즐기는 팀에 속해 있고요. 저는 꽤 재미있는 사람이고, 매우 아름답고 지적인 아내가 있으며, 제 일자리를 부탁하지 않기 때문에 저녁 만찬에 초대받곤 합니다. 그러나 제가 즐기는 팀에 속해 있지 않았다면 B급 팀에 속해 있을 텐데, 그럴 경우 초대받는 일은 없었겠지요.

그 외에도 유용한 충고를 들을 수 있는 영화배우들이 있습니다. 피터 핀치*는 점심시간에 다른 사람들의 말에 귀 기울이면 안 된다는 것을 깨닫는 데 30년이 걸렸다는 것을 제게 이야기해주었습니다. 저는 그 말에 절대적으로 동의합니다. 제 친한 친구였던 에드워드 로빈슨*은 그림을 사라고 충고해주었습니다. 그가 죽었을 때 그의 수집품의 가치는 수백만 달러에 달했습니다. 피터 오툴*은 자주 노출되는 매체일지라도 작은 역할은 맡지 말라고 했습니다. 그 이유인즉 작은 역할을 하는 배우로 각인되기 때문입니다. 그는 어떤 경우든 아무리 하찮은 작품일지라도 필

Peter Finch 1912~1977. 영국 태생. 〈네트워크Network〉(1976)의 인상적인 연기로 잘 알려진 그는 이 영화로 아카데미 남우주연상을 받았다. 앞서 〈앨리스 같은 도시A Town Like Alice〉(1956), 〈오스카 와일드의 심판The Trials of Oscar Wilde〉(1960), 〈노 러브 포 조니No Love for Johnnie〉(1961), 〈사랑의 여로 Sunday Bloody Sunday〉(1971)로 이미 영국 아카데미 남우주연상을 수상한 바 있다. 로렌스 올리비에의 후견을 받아 1949년 런던에서 연극을 시작했다. 심장마비로 사망하기 전까지 예민한 감수성을 지닌 동성애 성향의 의사에서부터 세상과 맞서 싸우는 지성인으로서의 강인한 캐릭터를 연기하는 등 폭넓은 연기를 보여주었다.

Edward G. Robinson 1893~1973. 루마니아 태생. 〈리틀 시저Little Caesar〉 (1931)에서 맡은 거칠고 냉혈적인 갱단 두목 리코 반델로의 연기는 아직도 보는 이들의 간담을 서늘하게 한다. 1930년대에 맡은 역할은 주로 갱단 두목에 편중되어 있었지만, 점차 연기 영역을 확대해갔다. 〈모두가 나의 아들All My Sons〉(1948), 〈키 라르고Key Largo〉(1948), 〈악몽Nightmare〉(1956), 〈십계The Ten Commandments〉(1956), 〈7인의 도둑Seven Thieves〉(1960) 등 수많은 영화에 출연했다.

다이아몬드 작전 Bullseye!
마이클 위너 감독, 21세기 프로덕션, 1989. (로저 무어와 함께)

리타 길들이기 Educating Rita
루이스 길버트 감독, 콜롬비아 픽처스, 1983.

요하다면 주연을 맡으라고 충고했습니다.

저는 경쟁적인 사람이 아닙니다. 저는 스타가 된다거나 연기를 한다는 것은 경쟁의 대상이 아니라고 생각합니다. 몽고메리 클리프트*는 동료 배우의 질투의 대상이 된다는 것은 그에게 최고의 찬사를 받은 것과 마찬가지라고 말한 바 있습니다. 다른 배우들이 자기 연기를 경멸하는 것은 '나도 저렇게 했으면 좋았을 걸'이라고 말한 것이나 다름없기 때문에 좋은 일이라면서요.

저는 배우들에게 그런 태도를 권하지 않습니다. 그것은 자멸로 가는 길입니다. 경쟁적인 사람은 승자의 입장에 서 있지 못하면 매우 괴로울 것입니다. 저는 연기란 경쟁의 대상이 아니라고 보기 때문에 이런 문제에 있어서는 완전히 초월해 있습니

Peter O'Toole 1932~2013 . 아일랜드 태생. 영국 리드에서 성장했으며 영국 왕립예술아카데미에서 정식으로 연기 교육을 받았다. 올드빅 극장 연극으로 데뷔한 오툴은 〈아라비아의 로렌스Lawrence of Arabia〉(1962)로 아카데미 남우주연상 후보로 지명되면서 세계적인 배우로 발돋움한다. 이후 〈베킷Becket〉(1964), 〈로드 짐Lord Jim〉(1965), 〈지배 계급The Ruling Class〉(1972), 〈돈키호테Man of La Mancha〉(1972) 등 많은 영화에 출연한다. 섬약해 보이는 신체적 특성과 안면 근육의 미묘한 움직임을 통한 표정 연기는 그의 섬세함을 극대화시킨다.

Montgomery Clift 1920~1966. 미국 네브래스카 주 태생. 1947년 액터스 스튜디오 출신이다. 〈수색The Search〉(1948), 〈젊은이의 양지A Place in the Sun〉(1951), 〈지상에서 영원으로From Here To Eternity〉(1953), 〈뉘른베르크의 재판Judgment at Nuremberg〉(1961)으로 아카데미 남우조연상 후보로 연속 지명되면서 연기력을 인정받았다. 마흔다섯에 사망하기까지 극도의 나약함과 섬세함, 지적 우월감을 복합적으로 혼합해 지적, 도덕적, 정신적 혼돈을 탁월하게 연기한 배우이다.

다. 저는 저이고 제가 필요하면 필요한 것이지요. 그렇지 않다면
제게 적합하지 않은 것이고요.

이젠 제법 안정적이지만 그렇다고 해서 이쪽 업계에서
잘 알려진 거장들에게 소홀히 해도 된다는 것은 아닙니다. 〈스웜
The Swarm〉(1978)에서 제 캐릭터가 텍사스 주 휴스턴 근처 미사
일 기지에 모인 사람들에게 생존에 관한 강의를 하는 장면을 촬
영할 때입니다. 강의 중간쯤 되었을 때 순간적으로 강의를 듣고
있는 청중 속에 쟁쟁한 영화계 거성인 헨리 폰다, 올리비아 드 하
빌랜드,* 프레드 맥머레이,* 리처드 위드마크가 앉아 있다는 것을
알았습니다. 순간 저는 바위처럼 굳어버렸습니다. 그들은 단순한
배우가 아닙니다. 그들은 전설입니다. 저는 평소에는 대사를 거
의 잊어버리지 않습니다. 그러나 영화 역사의 주인공들 앞에 서
있는 것은 저로서도 감당하기 벅차더군요.

영화계에서 앞으로 제가 할 일을 생각해보면 결국 감독을

Olivia de Havilland 1916~ . 일본 도쿄 태생. 〈바람과 함께 사라지다Gone
with the Wind〉(1939)에서 조신하고 여성스러운 멜러니 역을 맡아 잘 알려졌
다. 〈한여름 밤의 꿈A Midsummer Night's Dream〉(1935)의 허미어 역으로 데뷔
한 이래 〈그들에겐 각자의 몫이 있다To Each His Own〉(1946)으로 여우주연상,
〈스네이크 핏The Snake Pit〉(1948)으로 전미 비평가 협회 여우주연상, 〈사랑아 나는 통곡한다The
Heiress〉(1949)로 아카데미 여우주연상, 골든글로브 여우주연상 등을 수상하면서 연기력을 인정받
았다.

Fred MacMurray 1908~1991. 미국 일리노이 주 태생. 빌리 와일러 감독의 〈
아파트 열쇠를 빌려드립니다The Apartment〉(1960)에 출연했다. 텔레비전 시리
즈 〈나의 세 아들My Three Sons〉(1960~1972)의 아버지 역할로 유명해진 배우
이다.

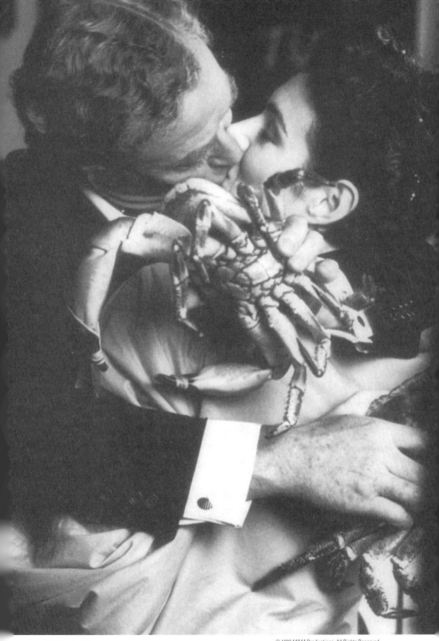

블루 아이스 Blue Ice
러셀 멀케이 감독, M&M 프로덕션, 1992. (숀 영과 함께)

막을 올려라 Noises Off
피터 보그다노비치 감독, 터치스톤 픽처스, 1991.

하게 될 것 같습니다만, 아직은 때가 아닙니다. 감독은 촬영에 들어가기 적어도 3개월 전부터 준비 작업을 시작해야 하고 마지막 촬영이 끝나고도 4개월 정도는 계속 일을 합니다. 감독이 영화 한 편을 만드는 시간에 저처럼 많은 영화에 출연하는 배우의 경우 네 편을 찍을 수 있습니다. 제가 감독을 하지 않는 이유는 간단합니다. 돈 때문입니다.

연기를 그만두고 감독을 시작해야 할 시기가 언제인지는 대충 그때가 되면 알 수 있을 것 같습니다. 여전히 스타인지 내리막길을 걷고 있는지 아는 건 쉬우니까요. 제가 여전히 스타라면 제작진은 시나리오를 건네주면서 "이건 호주의 난쟁이에 대한 이야기지만 우리가 설정을 조금만 바꾸면 돼요"라고 이야기할 겁니다. 그러나 제가 내리막길을 걷고 있다면 〈마이클 케인 스토리〉를 연기하기엔 제가 너무 작다고 이야기하겠지요. 그때 저는 감독을 할 겁니다.

마이클 케인은 1933년 3월 14일 남부 런던에서 수산시장의 짐꾼이었던 아버지와 청소부였던 어머니 사이에서 태어났다. 두 칸짜리 방에서 가스불에 의지해 사는 가난한 집안에서 자랐던 그는 제2차 세계대전 때는 공습을 피해 가족과 함께 노퍽의 농장으로 피신했다. 전쟁이 끝나고 열두 살 때에는 동부 런던 빈민가로 옮겨 조립식 가건물에서 생활했다.

짐꾼이나 되리라고 가족들이 예상했던 케인은 열여섯 살 되던 해에 학교를 중퇴한 뒤 닥치는 대로 잡일을 하다 한국전쟁에 참전했다. 제대 후에는 잡역 노동자로 일하면서 저녁에는 독학으로 연기를 공부했다. 무대에서 얻은 첫 번째 일은 서식스에 있는 한 극장의 무대 조감독이었다. 얼마 뒤에는 서픽에 있는 지방 극단에서 어린 주인공 역을 맡기도 했다. 이때 상대역으로 나온 퍼트리샤 헤인스Patricia Haines와 1955년 결혼해 1958년에 헤어졌다. 그 즈음 케인은 당시 쓰던 예명 마이클과 〈케인호의 반란The Caine Mutiny〉의 영화 간판에서 눈에 띈 케인을 합쳐 마이클 케인으로 이름을 바꿨다.

이후 케인은 런던으로 거처를 옮겨 〈힐 인 코리아A Hill in Korea〉를 시작으로 여러 영화에 단역으로 출연했고, 몇 편의 웨스트엔드 연극에서 지나가는 행인 역을 맡기도 했다. 그 뒤로 극단의 지방 순회공연을 다니며 편안한 무대 연기와 다양한 억양을 구사할 수 있는 능력을 개발했다.

그 후 5년 남짓 100편이 넘는 텔레비전 드라마에 출연하면서 무명이지만 수백만 시청자들에게 친숙한 배우가 되었다. 당시 그는 한집에서 영화배우 테렌스 스탬프Terence Stamp, 작곡가 존 배리John Barry와 무명시절을 함께 보냈다.

케인은 런던 무대에서 히트했던 〈The Long, The Short, and the Tall〉에서 피터 오툴Peter O'tool이 맡은 밤포스 병사 역할의 언더스터디understudy로 참여하던 중 피터 오툴이 중도하차하면서 비중 있는 역을 맡아 6개월 동안 지방 순회공연을 다니게 됐다. 이 작품을 계기로 텔레비전이나 영화에서 배역을 맡을 기회가 부쩍 늘었다.

케인은 서른이 된 해인 1963년에 조지프 E. 러빈Joseph E. Levine 프로덕션이 제작한 영화 〈줄루Zulu〉에 귀족 출신의 중위 곤빌 브롬헤드Gonville Bromhead로 출연하면서 영화 경력에 전기를 맞게 된다. 원래 시나리오상에서 어리석은 멍청이로 설정되었던 배역을 나약하지만 적어도 자신만은 스스로를 강자라고 확신하는 캐릭터로 재창조했다. 케인은 조연급 역할을 스타급으로 주목받게 만들면서 대중적 인기와 함께 평론가들의 주목을 받기 시작했다.

무명배우에서 일약 유명세를 얻은 케인의 차기작은 박스

막을 올려라 Noises Off
피터 보그다노비치 감독, 터치스톤, 1991.

오피스에서 예상 외로 흥행에 성공한 첩보스릴러물인 〈국제 첩
보국The Ipcress File〉이었다. 끈질기게 주인공을 물고 늘어지는 인
물 해리 파머Harry Palmer 역에서 보여준 절제된 연기는 평론가들
로부터 다시 한 번 극찬을 받았다. 천연덕스러운 유머로 여자들
을 유혹하고 다니는 건달 역으로 출연한 〈알피Alfie〉는 케인을 슈
퍼스타의 반열에 올려놓았다. 그해 영국 평론가들로부터 '올해
의 최우수 영화'로 뽑혔고, 미국 아카데미상 후보와 뉴욕영화평
론가상 후보에도 올랐다.

　　　이어서 1960년대 후반에는 〈베를린 스파이Funeral in
Berlin〉, 〈10억 달러짜리 두뇌Billion Dollar Brain〉, 〈데드폴Deadfall〉, 〈
이탈리안 잡The Italian Job〉, 〈공군 대전략Battle of Britain〉을 비롯해
〈귀향Hurry Sundown〉(오토 프레민저 감독), 〈우먼 타임스 세븐Woman
Times Seven〉(비토리오 데 시카 감독), 〈갬빗Gambit〉, 〈불타는 전장Too

Late The Hero〉(로버트 올드리치 감독), 〈마지막 계곡The Last Valley〉(제임스 클라벨 감독) 등에 출연했다.

1970년대에는 〈화려한 사랑X, Y, And Zee〉(엘리자베스 테일러 공연), 〈펄프Pulp〉(미키 루니, 리자베스 스콧 공연), 〈발자국Sleuth〉(로렌스 올리비에 공연), 〈검은 다이아몬드Wilby Conspiracy〉(시드니 포이티어 공연), 〈행복한 방황The Romantic Englishwoman〉(글렌다 잭슨 공연), 〈해리와 월터 뉴욕에 가다Harry & Walter Go to New York〉(제임스 칸, 엘리엇 굴드 공연), 〈왕이 되려던 사나이The Man Who Would Be King〉(숀 코너리 공연), 〈캘리포니아의 다섯 부부California Suite〉(매기 스미스 공연), 〈스웜The Swarm〉(올리비아 드 하빌랜드, 리차드 위드마크 공연) 등의 작품에서 유명 배우들과 어깨를 겨뤘다.

1980년대에는 〈드레스트 투 킬Dressed to Kill〉(브라이언 드 팔마 감독), 〈승리의 탈출Victory〉(존 휴스턴 감독), 〈악마의 손The Hand〉(올리버 스톤 감독), 〈죽음의 게임Deathtrap〉(시드니 루멧 감독), 〈리타 길들이기Educating Rita〉(루이스 길버트 감독), 〈리오의 연정Blame It on Rio〉(스탠리 도넌 감독), 〈되살아난 망령The Holcroft Covenant〉(존 프랭컨하이머 감독), 〈한나와 그 자매들Hannah and Her Sisters〉(우디 알렌 감독), 〈화려한 사기꾼Dirty Rotten Scoundrels〉(프랭크 오즈 감독), 〈달콤한 자유Sweet Liberty〉(알란 알다 감독) 등 유명 감독과 작업했다.

1986년에는 20여년 만에 텔레비전 미니시리즈 〈잭 더 리퍼Jack the Ripper〉에 출연해 영국 최고의 드라마 시청률을 기록했다.

　　1992년에는 마이클 케인이 출연하거나 감독한 영화를 만들기 위해 미국의 제작자이자 오랜 동업자인 마틴 브레그먼Martin Bregman과 엠&엠 프로덕션M&M Productions을 설립했다. 이들의 첫 작품은 러셀 멀케이Russell Mulcahy가 감독하고 숀 영Sean Young이 출연한 〈블루 아이스Blue Ice〉다. 1992년 영국 여왕으로부터 대영

블랙 윈드밀 The Black Windmill
돈 시겔 감독, 유니버설 픽처스, 1974. (도널드 플레젠스와 함께)

제국 훈장을 받았고, 같은 해 11월에 자서전《What's It All About?》
을 출간했다.

　　최근작으로는 〈다크 나이트The Dark Knight〉(2008), 〈인셉
션Inception〉(2010), 〈다크 나이트 라이즈Dark Knight Rises〉(2012),
〈인터스텔라Interstellar〉(2014), 〈킹스맨: 시크릿 에이전트Kingsman:
The Secret Service〉(2014), 〈유스Youth〉(2015) 등이 있다.

　　남아메리카 출신의 준 미스유니버스 샤키라 박시Shakira
Baksh와 1973년 재혼해 영국 옥스퍼드셔에 살고 있다.

모나리자 Mona Lisa
닐 조던 감독, 아일랜드 픽처스, 1986. (캐시 타이슨과 함께)

filmography

배우 2017 고잉 인 스타일 Going in Style 조 역 2016 나우 유 씨 미 2 Now You See Me 2 아서 트레슬러 역 2015 킹스맨: 시크릿 에이전트 Kingsman: Secret Agent 아서 역 | 라스트 위치 헌터 The Last Witch Hunter 36대 돌란 역 | 유스 Youth 프레드 밸린저 역 2014 인터스텔라 Interstellar 브랜드 교수 역 | 일라이저 그레이브스 Eliza Graves 벤 저민 솔트 역 2013 나우 유 씨 미: 마술 사기단 Now You See Me 아서 트레슬러 역 | 미 스터 모건스 라스트 러브 Mr. Morgan's Last Love 매슈 모건 역 2012 다크 나이트 라이즈 The Dark Knight Rises 앨프레드 역 2011 노미오와 줄리엣 Gnomeo & Julliet 레드브릭 경 목소리 역 | 카 2 Ka 2 핀 맥미사일 목소리 역 | 잃어버린 세계를 찾아서 2: 신비의 섬 Journey 2: The Mysterious Island 알렉산더 역 2010 인셉션 Inception 마일스 역 2009 해리 브라운 Harry Brown 해리 브라운 역 2008 이즈 애니바디 데어? Is Anybody There? 클래런스 역 | 다크 나이트 The Dark Knight 알프레드 역 2007 추적 Sleuth 앤드루 역 | 플로리스 Flawless 홉스 역 2006 프레스티지 The Prestige 커터 역 | 칠드런 오브 맨 Children of Men 재스퍼 역 2005 웨더 맨 The Weather Man 로버트 스프리첼 역 | 그녀는 요술쟁이 Bewitched 나이절 비글로 역 | 배트맨 비긴즈 Batman Begins 알프레드 역 2004 어라운드 더 벤드 Around The Bend 헨리 레어 역 2003 스테이트먼트 The Statement 피에르 브로사르 역 | 세컨핸드 라이온스 Secondhand Lions 가스 역 | 액터스 The Actors 앤서니 오맬리 역 | 퀵샌드 Quicksand 제이크 멜로스 역 2002 콰이어트 아메리칸 The Quiet American 토머스 파울러 역 | 오스틴 파워: 골드멤버 Austin Powers in Goldmember 나이절 파워스 역 2001 라스트 오더스 Last Orders 잭 역 2000 미스 에이전트 Miss Congeniality 빅터 멜링 역 | 겟 카터 Get Carter 클리프 브럼비 역 | 샤이너 Shiner 빌리 '샤이너' 심슨 역 | 퀼스 Quills 로이어 콜라드 박사 역 1999 채무자 The Debtors 바람둥이 역 | 사이더 하우스 The Cider House Rules 윌번 라치 박사 역 | 커튼 콜 Curtain Call 맥스 게일 역 1998 작은 목소리 Little Voice 레이 세이 역 | 섀도우 런 Shadow Run 해스컬 역 1997 블러드 앤 와인 Blood and Wine 빅터 '빅' 스판스키 역 | 해저 2만 리 20,000 Leagues Under the Sea(TV) 네모 선장 역 | 만델라와 데클레르크 Mandela and de Klerk(TV) 프레데리크 빌럼 데클레르크 역 1996 미드나이트 인 세인트피터즈버그 Midnight in Saint Petersburg 해리 파머 역 1994 베이징 익스프레스 Bullet to Beijing 해리 파머 역 1993 죽음의 땅 On Deadly Ground 마 이클 제닝스 역 1992 머펫의 크리스마스 캐롤 The Muppet Christmas Carol 에버니저 스 크루지 역 | 블루 아이스 Blue Ice 해리 앤더스 역 1991 막을 올려라 Noises Off 로이드 펠 로웨스 역 1990 운명의 카테일 Mr. Destiny 마이크 · 미스터 데스티니 역 | 지킬 앤 하이드 Jekyll & Hyde(TV) 지킬 박사 · 하이드 역 1989 다이아몬드 작전 Bullseye! 시드니 립턴 · 히 클러 박사 역 | 소외된 분노 A Shock to the System 그레이엄 마셜 역 1988 화려한 사기꾼 Dirty Rotten Scoundrels 로렌스 제이미슨 역 | 셜록 홈즈와 나 Without a Clue 셜록 홈즈 역 1987 서렌더 Surrender 숀 스타인 역 | 죠스 4 Jaws: The Revenge 호기 뉴컴 역 1986 하 프 문 스트리트의 비밀 Half Moon Street 로드 샘 불벡 역 | 모나리자 Mona Lisa 모트웰 역 | 암호 속의 미로 The Whistle Blower 프랭크 존스 역 | 잭 더 리퍼 Jack the Ripper(TV) 프레더릭 애버린 경감 역 | 소련 KGB The Fourth Protocol 존 프레스턴 역 1985 한나와 그 자매들 Hannah and Her Sisters 엘리엇 역 | 되살아난 망령 The Holcroft Covenant 노엘

232

홀크로프트 역 | **워터** Water 거버너 백스터 스웨이츠 역 | **달콤한 자유** Sweet Liberty 엘리엇 제임스 역 1983 **리오의 연정** Blame It on Rio 매슈 홀리스 역 | **데드 라인** The Honorary Consul 찰리 포트넘 영사 역 | **리타 길들이기** Educating Rita 프랭크 브라이언트 박사 역 | **두 얼굴의 스파이** The Jigsaw Man 킴벌리 · 쿠즈민스키 역 1982 **죽음의 게임** Deathtrap 시드니 브륄 역 1981 **승리의 탈출** Victory 존 콜비 역 | **악마의 손** The Hand 조너선 랜스데일 역 1980 **아일랜드** The Island 블레어 메이너드 역 | **드레스트 투 킬** Dressed to Kill 로버트 엘리엇 박사 역 1979 **포세이돈 어드벤처 2** Beyond the Poseidon Adventure, 마이크 터너 선장 역 | **아샨티** Ashanti 데이비드 린더비 박사 역 1978 **캘리포니아의 다섯 부부** California Suite 시드니 코크런 역 | **스웜** The Swarm Dr. 브래드 크레인 역 | **실버 베어스** Silver Bears 플레처 역 1977 **머나먼 다리** A Bridge Too Far 존 반델루어 중령 역 1976 **해리와 월터 뉴욕에 가다** Harry and Walter Go to New York 애덤 워스 역 1975 **독수리 착륙하다** The Eagle Has Landed 쿠르트 슈타이너 대령 역 | **왕이 되려던 사나이** The Man Who Would Be King 피치 카네한 역 | **행복한 방황** The Romantic Englishwoman 루이스 필딩 역 | **피퍼** Peeper 레슬리 터커 역 1974 **마르세이유 탈출** The Marseille Contract 존 드레이 역 | **검은 다이아몬드** The Wilby Conspiracy 짐 케오그 역 | **블랙 윈드밀** The Black Windmill 존 태런트 소령 역 1972 **발자국** Sleuth 밀로 틴들 역 | **펄프** Pulp 미키 킹 역 1971 **화려한 사랑** X, Y and Zee 로버트 블레이클리 역 | **키드냅** Kidnapped 앨런 브렉 역 | **겟 카터** Get Carter 잭 카터 역 1970 **마지막 계곡** The Last Valley 캡틴 역 1969 **공군 대전략** The Battle of Britain 캔필드 소령 역 | **이탈리안 잡** The Italian Job 찰리 크로커 역 | **불타는 전장** Too Late the Hero 토시 헌 병사 역 1968 **마구스** The Magus 니컬러스 역 | **데드 폴** Deadfall 헨리 스튜어트 클라크 역 | **전쟁 프로페셔널** Play Dirty 더글러스 대령 역 1967 **10억 달러짜리 두뇌** Billion Dollar Brain 해리 파머 역 | **우먼 타임스 세븐** Woman Times Seven 매력적인 손님 역 1966 **베를린 스파이** Funeral in Berlin 해리 파머 역 | **갬빗** Gambit 해리 트리스탄 딘 역 | **유산 상속 작전** Wrong Box 마이클 핀스버리 역 | **알피** Alfie 알피 엘킨스 역 | **귀향** Hurry Sundown 헨리 워런 역 1965 **국제 첩보국** The Ipcress File 해리 파머 역 1963 **줄루** Zulu 곤빌 브롬헤드 중위 역 1962 **가짜 경찰** The Wrong Arm of the Law 순경 역 1961 **지구가 불타는 날** The Day the Earth Caught Fire 교통경찰관 역 1960 **카이로의 참호** Foxhole in Cairo 독일인 병사 베버 역 1959 **두 얼굴의 스파이** The Two-Headed Spy 게슈타포 첩보원 역 | **신비한 여인** A Woman of Mystery 단역 1958 **블라인드 스폿** Blind Spot 조니 브렌트 역 | **소피아 로렌의 열쇠** The Key 단역 | **최후의 새벽** Carve Her Name with Pride 단역 1957 **부자 삼촌 죽이기** How to Murder a Rich Uncle 길로니 역 1956 **힐 인 코리아** A Hill in Korea 로키어 병사 역 | **세일러 비웨어** Sailor Beware! 단역 | **금발의 죄인** Yield to the Night 단역

프로듀서　2013 The Double 제작자 2001 Forever After 총제작자 1992 Blue Ice 제작자 1987 The Fourth Protocol 총제작자 1972 Pulp 제작자 1971 Get Carter 제작자

"배우를 꿈꾼다면 무조건 읽어라!"

이명세 (영화감독)

알프레드 히치콕 감독의 〈북북서로 진로를 돌려라〉(1959)의 케리 그랜트와 에바 마리 세인트의 키스 장면은 영화사에 남는 명장면 중 하나로 꼽힌다. 하지만 뒷이야기를 들으면 '설마' 할지도 모르겠다.

감독은 두 배우를 기둥에 묶어놓고 그 장면을 찍었다. 케리 그랜트가 "이 영화의 가장 로맨틱한 장면인데 이렇게 묶어놓아서야 전혀 로맨틱한 감정이 생기지 않는다"라고 이의를 제기했다. 히치콕 감독은 "상관없다. 화면에서 보이는 것만이 진실이다"라고 응수했다. 그리고 그 키스 장면은 가장 로맨틱하고 아름다운 명장면으로 영화사에 남았다.

"스타니슬라브스키라는 미친 영감이 모든 배우들의 연기를 망쳐놓았다." 촬영장에서 배우들에게 연기를 지시할 때마다 머리를 쥐어뜯으면서 개탄했던 감독은 바로 안드레이 타르코프스키였다.

영화 〈M〉 개봉 프로모션차 일본에 갔을 때였다. 어느 기자가 배우 강동원에게 "이명세 감독과 작업하면서 연기자로서 얻은 것이 있다면 무엇인가?"라고 물었다. "나는 어떤 장면을 찍을 때 100이란 힘이 필요하다고 생각했는데, 감독님은 20만 하라고 했다. 20만 해도 200이 될 수 있으니까. 나중에 화면을 보고 20이 200이 되는 것을 발견했다. 그것이 내가 배운 것 중 하나다."

감독이 아무리 연기자의 귀에 무드 있는 음악과 부드러운 말을 불어넣으며 로맨틱한 감정을 주문해도 감정이 제대로 나오지 않을 때가 많다. 그런데 어떻게 연기자들을 꽁꽁 묶어놓고도 로맨틱한 감정을 화면에 표현할 수 있었을까? 왜 예술영화의 거장이라는 타르코프스키는 '연기 교과서'로 칭송받는 《배우 수업》의 저자인 스타니슬라브스키를 그렇게 미워했던 것일까? 강동원은 어떻게 20을 연기해도 200이 된다는 것을 알았을까?
해답은 바로 '매체'의 차이에 있다.

감독은 영화를 시작할 때마다 늘 '영화 연기란 무엇인가?'라는 문제로 연기자들과 부딪친다. "연기면 다 똑같은 연기지, 영화 연기는 도대체 무엇이냐?"라고 묻는 연기자들에게 나름대로 구구절절 매체의 차이에 대해 설명을 해준다. 그러면서도 '누가 나 대신 이런 설명을 제대로 해줄 사람이 없을까?' 하는 생각이 늘 머릿속에 맴돌았다.
그런 내 생각에 '딱!' 맞춤한 책을 발견했으니 바로 《마이클 케인의 연기 수업》이다. 1994년 이 책의 번역본이 처음 국내에 나왔을 때, 나는 수십 권을 사서 연기자들에게 주며 "무조건 읽어보라"고 권했다.

부산영화제가 한창이던 어느 늦은 밤, 신예 배우 이민기와 어느 호텔 앞 잔디에 앉아 막 촬영을 시작한 영화에 대해 이야기를 나눈 적이 있다. 배우는 감독에게 나름의 불만을 토로했다. "나는 이렇게 하고 싶은데 감독님은 저렇게 하라고 하고……. 저렇게 하고 싶은데 또 이렇게 하라고 하고……."
나는 촬영 화면을 봤냐고 반문했다. 모니터링해본 소감이 어떻더냐고 물었다. "괜찮던데요……." 나는 "그게 바로 영화라는 것이다"라고 답하면서 다시 이 책을 떠올렸다.

살아 있는 교과서를 배우들에게 다시 선물할 기회를 만들어주신 영원한 은사 송혜숙 선생님께 감사의 말씀을 올린다. 이럴 때가 아니다. 빨리 선물할 사람들의 명단을 작성해야겠다. 나는.

영국 출신의 연기파 배우 마이클 케인이 '영화 연기'에 대한 노하우를 풀어낸 저서가 있음을 알려준 이는 이명세 감독이었다. 영화 〈M〉 촬영 현장에서 배우들의 연기 훈련을 어떻게 할 것인가를 놓고 대화를 나누던 중이었다. 그래서 바로 해외에서 책을 주문해서 틈틈이 읽어보았다.

원저 《Acting in Film》은 영화사에 남을 쟁쟁한 필모그래피를 자랑하는 케인이 몸으로 겪은 현장 경험을 바탕으로 자신이 연기자로서 준비해온 과정을 차근차근 소개한 책이다. 판에 박힌 관념적인 서술이 대부분인 연기론 교과서는 이미 여럿이지만, 실전 경험담을 통해 배우가 카메라 앞에서 어떻게 연기를 할 것인지 친절하게 한 수 가르쳐주는 책은 만나기 쉽지 않다.

배우를 지망하는 사람이라면 누구나 한 번쯤은 카메라 앞에 서는 자신의 모습을 꿈꿀 것이다. 이들이 꿈을 이루는 데 이 책이 많은 도움이 될 것이라는 생각에 많은 이들에게 소개하고 싶어 우리말로 옮기게 되었다.

원문은 대화하듯 쉽게 쓴 문장인데도 우리말로 매끄럽게 옮기기가 녹록치 않은 부분도 있었다. 우리의 영화 현장과 다른 부분도 있어 생소한 내용이 없지 않다. 하지만 최대한 저자가 말하고자 하는 의미를 연상할 수 있도록 원문을 충실히 옮기는 데 주력하였다.

모쪼록 이 책이 배우가 되려는 지망생들에게 영화라는 매체의 특성을 온전히 이해하고 카메라 앞에서 연기하는 데 자신감을 갖는 데 도움이 되기를 바란다.

옮긴이 송혜숙

마이클 케인의 연기 수업

초판 1쇄 발행	2017년 5월 15일
초판 3쇄 발행	2021년 1월 22일

지은이	마이클 케인
옮긴이	송혜숙

펴낸곳	(주)바다출판사
발행인	김인호
주소	서울시 마포구 어울마당로5길 17 5층(서교동)
전화	322-3675(편집), 322-3575(마케팅)
팩스	322-3858
E-mail	badabooks@daum.net
홈페이지	www.badabooks.co.kr

ISBN	978-89-5561-928-7 03860